夢幻論

「死なない」思想

佐子武
SAKO Takeshi

春秋社

夢幻論

目次

弐　流れの章——派生と展開

夢幻論

「死なない」思想

壱

始まりの章

I　花と種子

まず、年来の私の考えを記したい。

一個の人間は、基本的に一個の種子であると思う。我々の世界は、その種子を育てて開花させるために存在している。この作業に影響を与えるのが、時代であり、環境である。ただ、時代と環境も、種子の伸びゆく力を押さえたり、種子の性格を変えたりするものではない。確かに、生まれ育った家が、貧困にあえいでいたら、医者にも学者にも芸術家にもなりにくいであろうし、数世紀も昔に生まれたら宇宙飛行士にも映画作家にもなれなかったであろう。活躍するためには活躍する土壌や時代が必要である。しかしそれら環境がどうであれ、才能と情熱があったら、彼は、それを生かす何事かを為すことになるだろう。人は生まれ、己の得意不得意、好悪に照らして方向を定め、人生を進める。岐路に会えば、やはりそれに沿ってとるべき道を決める。道が阻まれれば、迂回路をとる。志がある人間なら、別の道を歩きながらも、本道に戻ることを忘れたりはしない。本道と思う道を歩くのが不可能と知れば、それに近い、己が納得できる道を歩く。それで、どういう過程をたどるにせよ、結局、彼は彼に与えられた道を歩くことになると思う。

さて、己が行くべき道をあらかじめイメージできている者ばかりではない。分からないなりに堅実に歩み、立派に己を成就させる人も沢山いよう。こういう人は、ある時、「ああ、自分はこういうことを目指していたのか」と悟ることになるだろう。

こうした観点に立つと、この世は、種子を実現する（開花させる）ための場であると理解できる。いかなる種子も種子のままでは、なんだか分からない。意味を持たないのである。

宮本武蔵は、生まれつき強い男であった。時もちょうど強いことが評価され、人を殺すのが日常的な時代であった。彼は彼の強さを実証するために闘った。彼は六十余度試合し、ことごとく勝ったが、不思議なことに二十九歳の時、舟島で佐々木小次郎を倒したあと、六十二歳で死ぬまでは、ほとんど試合をしなかった。彼は生まれてから三十年間で己の強さを実証してしまったのであった。後半の三十年間は、絵を描き、仏を刻み、工芸に親しみ、兵法書をまとめることに情熱を傾けたものと思われる。も

蓮の花と実

ともと強い（種子に強さがインプットされていた）男が、その強さを実証することが彼の人生であった。彼の人生は一つの典型である。強い男を目指す人間は、いつの世にも沢山いる。現代でも、力道山や白鵬やマイク・タイソンはそうした男であろう。

人間が花咲かす分野は、恐ろしく豊富で多様である。当人が飽くなき情熱を感じるようなものならなんでもありだ。

種子は目に見えないが実質である。とても晦《くら》ましたり、自分の意志で変えたりできる代物ではない。柿の種からは、決してリンゴはできない。丹精して育て、立派な柿の実を実らせるより、やり方とてない。一人の少年の実質を見極め、それを引き出してやる手助けをするのが真の教育であろう。

人間の実質が種子だとしたら、生まれながらに、その人の人生は決まっているのかと問われれば、方向性としては決まっていると答えねばならない。決まっているが、まだこの世に存在しないものを、この世に定着することに強い喜びがあると言いたい。その喜びのために、彼は長い艱難に耐えるであろう。種子のままでは、この世の価値になり得ない。価値になるのは種子が育ち、花を咲かせ、実を着けた時である。種子自体は美しくもなければ、美味しくもない。

人生がそういうものであるなら、人生は結局、一つの必然としての形に落ち着くものかもしれない。人生の中途において、失敗したり、成功したり、損をしたり、得をしたりということが続くであろうが、そうした一事象一事象を凝視する必要はないだろう。パチンコの玉が、あちらの釘に当たって、あちらに流れ、こちらの釘に当たって、こちらに流れるのを凝視していても何にもならない。肝心なのは、うまく最後の穴に飛び込んでくれるかどうかなのである。そして人生は、誠実にやっていれば、己の穴に飛び込むようにできている。力量のある画家の卵は、美術学校に入ろうが落ちようが、公募展に入選しようが落選しようが、評論家に激賞されようが酷評されようが、己の力を確信して進み、結局は眼のある人の眼に止まらざるを得ないであろう。ただし彼の場合は世に認められることが目的ではない。真の傑作を世に送り出すことができるかどうかが眼目である。そしてそれは、彼の持って生まれた資質と、彼の工夫と、彼の努力にかかっている。それも、まずは資質がなければ駄目である。資質の嵩《かさ》も血の出るような努力の結果判明するのかもしれない。実は資質が認められれば、停滞の後の手だても浮かぼうというものである。詩人としては二流であったが、小説家としては一流になったという人だっているのである。

ある意志が凝縮する。つまり種子の形成である。すると、一人の人間として、この世界に誕生してくる。彼は、この時間空間世界で彼の種子を開花させる。人が模索し続ければ、落ち着くところに落ち着くことになろう。人は誠実に生きれば、己を実現させざるを（開花させざるを）得ないだろう。そのために、与えられた人生は短すぎも長すぎもしないであろう。人生は終わってみれば、本人が納得できる形なのではないであろうか。それぞれの能力に応じた仕事をなし、意欲の旺盛な人は大量の仕事をし、意欲の少ない人は少しの仕事をする。皆、その人が内に持っていたものを現したのである。

ライフワーク（一生の仕事）という言葉がある。人は生まれて、ごく自然のうちに、それに取り組むようにできている。つまり、花を咲かせる作業こそライフワークである。ただ、多くの人の仕事はワークといえるほどの精神的価値にならない。私は、自分の仕事に喜びと誇りを感じている畳屋さんや、町内の神社の祭り時の囃子方を受け持ち、後進を指導することに情熱を傾けている植木屋さんを知っている。二人とも立派な仕事をしていると思う。彼らの仕事やら趣味が、客観的な価値にまで高められたようなのが、この項で取り上げる「ライフワーク」である。

ライフワークの現れ方はさまざまである。典型的な例について書こう。

文人の場合なら、沢山の作品を書き、大部の全集にまとめられるようなものこそライフワークであるが、中里介山のように延々と一つの長編に取り組み、未完に終わらせるような仕事をする人もいる。アメリカの詩人ホイットマンも死ぬまで彼の詩集『草の葉』を膨らませることに心血を注いだ人である。彼らのように生涯にわたって一つのワークに取り組んだ人間がいる一方、芥川賞をもらった後は、ほとんど作品を書かなかった作家もいる。また沢山書いた作品が全て傑作といってよいような巨匠、沢山書いた作品のうち、突出した一作によって人々の記憶に残る作家もいて、人間の表われ方というのは本当に様々だと思う。さらに高村光太郎のように、詩にも彫刻にも天才を発揮した人、ジャン・コクトーのように詩も絵も映画も作った人。そう言えばジャン・コクトーは本式の油絵よりも、いたずら書きのようなイラストの方が数段優れているように思える。森敦の場合も小説は別として、改まった評論よりも、あちこちの新聞や雑誌に書き散らした雑文の方が、ずっとよい。力を込めた作品よりも描き流し、あるいは書き流した断片の方が優れているというのが面白い。そんなことを言われると本人も唖然とすることだろう。

ミケランジェロは、自分は彫刻家だからと言って、システィナ礼拝堂の天井画を描くのを嫌がったという。しかし、そうして出来上がった「天地創造」は彼の代表作品であり、人類の宝である。本人の意に反したり、本人が思ってみないところでも傑作は誕生するもののようである。

イギリスの映画監督デビッド・リーンは、五十をすぎて名作「アラビアのロレンス」を完成させた。彼の、それ以前の作品を見ると、地味だが誠実に作られた作品が並び（特にディケンズの小説を脚色した「大いなる遺産」「オリヴァ・ツイスト」、それに「ホブスンの婿選び」などである）、それら全てが「アラビアのロレンス」を作るための習作であったのではないかと思わせる。彼は誠実な佳作を作り続けることによって、彼の制作姿勢を確立させ、画面作りのノウハウを蓄積し、それらを彼の代表作に結実させたのである。彼が若い時に安易な映画作りをしていたら、彼の後年の傑作は決して生まれなかったに違いない。

大作をものすために、習作に多くの時間を当てるのは、この世における正当なやり方である。油絵と違って、描き直しや、描き足しが効かない日本画においては、自分なりの表現の研鑽が欠かせない。年功を積むと、どんなものでも自分なりに自在に描けるようになるのだと思う。雪舟を見ても近代の巨匠達の作品を見ても、多年の修練の跡が偲ばれる。

昔、近鉄の新聞広告があった。荒木又右衛門の肖像風イラストと鍵屋の辻の写真と解説文が載り、中央に大きくコピーがあった。

〝六時間の死闘を終えた時、田舎剣士はスーパースターになっていた。〟

うまい、うまい。私は拍手したものだ。

荒木又右衛門は柳生宗矩の弟子で大和郡山松平家の剣術指南役であった。その日があるのを知ってか知らずか、剣の道に精進したのである。そしてその精進が一気に開花したのが伊賀上野の仇討ちであった。彼はこの事件の四年後に死んでいる。彼は六時間の死闘のために生きた人だといえる。ライフワークは一生かけて、だらだらやったらよいというものではない。ライフワークは時間と無関係な全力投球であるといえよう。

那須与一もウィリアム・テルも偶然の英雄ではない。長年の修練が一気に開花して英雄になった。又右衛門と同じ類の人なのである。

ライフワークは、自分で勝手に、これを己のライフワークに決めたというようなものではないだろう。前述の「種子」が関わっている。私は編集者として、多くの学者を知っているが、本当によい仕事をしている人は、偶然その世界に飛び込んだような人でなく、自分が選んだ研究対象が好きで好きでたまらず、もう、その研究さえしていたら楽しいといった類の人なのである。本当に立派な仕事に仕上げるためには取り組む対象が、もう自分は、このために生まれてきているのだと思えるようなものでなければならないのだろう。独創も新発見も、そうした人間と、そうした対象との幸せな出会いから生まれるものと思う。

数々の木の家具の傑作を生みだしたジョージ・ナカシマは「私は木から始める」と言った。彼は木を素材にして家具を作ったというより、個々の木が持っている美しさを見つけ出し、それが十分に生きるように家具に仕立てたのであった。日系二世である彼は、初め、建築の修業をして世界を歩き、家具作りに着手したのはアメリカに帰った中年期になってからのことである。途中で方向転換したわけであるが、彼の家具作品からは強力に建築要素を読みとることができる。その第一には、彼の家具デザイ

ジョージ・ナカシマの椅子

ンの最大特色である、木材の未加工部分を景色として残す数寄屋的手法が挙げられる。その第二には、木材の力学的（建築的）構成の美的追求——特に、テーブルの天板と椅子の座面へのカンチレバー（片持ち梁）手法の採用、椅子の脚材におけるコンクリート建築を思わせるカッティング法など——を挙げることができる。つまり彼の家具の独創的造形は彼が建築から出発した結果であるということができる。彼は彼の家具を成就するために、一つの迂回路をとらざるをえなかったのである。真摯に生きる男の場合、迂回路は実に偉大である。そして仕事が早期に成就しないことは実に祝福すべきことである。大器は晩成せざるをえない場合がある。

ジョージ・ナカシマの家具作りは、手作りの伝統に従いながら、機械で効果的にできる部分は機械を使い、無駄に費やす時間を無くして、木を探す作業に惜しみなく時間をかけるといったものであった。そして、アメリカ、ニューホープの自宅工房の他に、日本の高松の木工所にもライセンスを与えて家具制作をした。彼が生前集めた一万点分の木材と、彼が確立した制作体制によって、彼の家具は、彼の死後も作り続けられている。

ジョージ・ナカシマは木から始めた。そういう観点から言うと、ミケランジェロは大理石から始め、ロダンは粘土から始めたのである。ロダンは青銅を素材にした人ではない。粘土を心から愛し、粘土を造形した人なのである。彼の弟子筋のブールデルもマイヨールも、師の粘土に対する執着は学ばなかった。むしろ日本の朝倉文夫や高村光太郎が、それを引き継いだと思われる。

私は、コンクリートの打ち放しの建造物を数多く作っている建築家に会った時、「先生はコンクリートがお好きですね」と言うと、建築家は「ええ、舐めたいくらいです」と言った。人間の個性と素材は密接に結びついている。単に素材として選んだという以上の結びつきがある。一人の作家は一つの素材に出会わないと傑作を生むことができないかもしれない。

私は五十歳近くになってはじめて桂離宮を参観した。私は庭を巡りながら、「これはユートピア計画だ、ユートピア計画だ」とつぶやいていた。施主は一つの理想郷作りに生涯をかけたのである。それも親子二代にわたって。その庭に立つと、ライフワークという言葉さえ、もう、ちっぽけで色あせたものに思えるのであった。日本にはすごいものが残っている——これは私の率直な感想であった。

親子二代にわたる仕事としては中国の『史記』を挙げることができる。我々は『史記』が成った経緯について、中島敦の小説『李陵』で知ることができる。漢の武帝の時、きょう奴征伐に出向いた将軍李陵が捕虜になってしまう。武帝は李陵が裏切ったと思って憤怒し、李陵をかばった司馬遷を宮刑（宦官の刑）に処してしまう。司馬遷は屈辱と絶望の中で、なぜ自分が自殺できないでいるかを考える。実は彼の父（司馬遷と同じく天文・暦法を司る官の長であった）が、中国の通史を書こうとして資料を集め終えたところで死に、司馬遷に、それを継ぐよう遺言していた。司馬遷は、それを完成させない限り自分は死ぬことができないと悟り、憑かれた者のように『史記』の執筆に没頭し、名作『史記』を完成させると、抜け殻のようになって死ぬのであった。真のライフワークとは、このようなものであろう。人間の宿命であり、人間の存在そのもののようである。この世に生まれて為すべき仕事であり、それを為さないと死ぬに死ねないといったほどの重さがあろう。

人は生まれながらの性向に従い、ある者は農業に従事し、ある者は工場で働き、ある者は絵を描き、ある者は政治家を志す。絵を描いていたいのだが、食べていけないので工場で働き、その余暇に絵を描いている人もいる。工場で働いていて、その余暇には酒を飲むことと、プロ野球を見ることと、パチンコをすること以外はしない人もいる。皆、その人の性格に従って生きている。多くの人は人生でレイバー（労働）をしている。レイバーに喜びを感じようとするのが日本人の性向と考えられる。それで多くの日本人は幸せに働き、安らかに死んでいったのである。人間の作業のうち、精神的な価値が感じられるようなのがワークである。それが、その人の人生に関わるとライフワークというのだろう。

人間が食べるためにする仕事は、人生において、極めて長時間を占めるので、仕事選びというのは、あだ疎かにはできない。自分に合わない仕事を選んだら、一生を無駄にしてしまうかもしれない。なんとか熱中できる仕事を見つけたいものである。

多くの人は、ワークとは関係が無い、糧を得る仕事に悪戦苦闘し、出世するもしないも定年になると、仕事を終えたただの老人になってしまう。ここでは仕事は蓄積とならず、定年になれば現役時から引き継ぐ技能もない。仕事は、基本的に己が食べるために従事し、他の人が必要とする物を作ったり、サービスを提供したりするのであるから、それで悪いといったものではない。現役時は、安定した収入があれば安心でき、余暇は時間つぶしに当てられる。そういう人と一線を画して、食べること以上の何事かを為そうとする人は、明確な目的と情熱を持って生まれ、他の人が興味を持つ多くの楽しみに振り向きもせず生きるような人である。それは楽しいながら苦しい人生である。いずれにしても自分で意志して、そのようにした人生ではないだろう。彼はそのように生まれついたのである。そして、そのようにしか生きられなかったのである。実は特殊な人に限らない、人は皆、多かれ少なかれ、そのようにしか生きられない人生をやっていると考えられる。穏やかな人は穏やかな人生を生き、激しい人は激しい人生を生きる。職業も、その人に適した職業を選び、連れ合いも、その人にふさわしい連れ合いを選ぶ。

人間の性向は様々である。私についていうと、ものを作ることに興味と情熱を感じる種類に属している。こういう人間は、一般的に〝職人〟といわれる。優れていて独創性があればアーチストに分類されよう。この種の人間は、世俗的繁栄をもって真に満足することができない。ものを作ること、しかも優れたものを作ることを人生の目的にしているからである。昔から貧乏を承知で誠実なもの作りをした大量の職人達がいた。それで、この国には優れた工芸品や民具や建物が大量にストックされているのである。

こういう職人タイプの人間がいる一方、商売や経営に情熱を感じる人間がいる。現代では何でもよいから金を儲けたいという人間や、何でもかんでも注目を集めたいという人間がいる。一方、特に志向はないが、目の前の仕事を誠実にこなし、心穏やかに生きたいという多くの人々がいる。人間の生き方は実に様々である。

この世における様々な種子は、宇宙の意志に可とされて存在している。それぞれが、それぞれの種子を開花させると、宇宙は極めてうまく展開し、彩り豊富な世界が現出するのだと思う。誠実に働く多くの人がいて、各分野には適当に傑出した人がいて、時々不世出の天才がやってくる。各人は己のために奮闘していると理解していようが、そんなことはない。みんな、宇宙の意志を実現すべく力闘しているのである。ライフワークは宇宙の意志を実現させる作業である。それが宇宙の意志である以上、人々は寄ってたかって、その実現を手助けするであろう。つまり宇宙が個人を通して、壮大な創造に取り組んでいるのである。

ワークにおいて一番問われるのは「意欲」であろう。ここに日曜陶芸家がいた。週末になると陶芸に没頭し、やがて周囲の認めるところとなる。意欲は高じて週末だけの活動に満足していられなくなる。彼は遂に会社を辞めて、陶芸に打ち込むことになる。やむにやまれぬ彼の軌跡は祝福すべきである。一方、会社を辞めるまでにはいたらず、日曜陶芸家に留まる人がいる。彼もまた祝福すべきである。人生で楽しいワークを見つけ、これで会社員生活も楽しければ万々歳である。つぎのような人もいよう、陶芸をやろうと、道具一式を買い込み、試してみたが、初めの意欲はだんだん衰え、やがて立派な道具類も埃がかぶるままとなる。そういえば陶芸ではないが、写真機材一式をジュラルミンケース付きで購入し、たいして写真も撮らずに、そのままにしてしまった古い友人がいた。つまり、ライフワークにするのも、趣味にするのも、疎遠になるのも、全て意欲次第なのである。もちろん、その前提になるのは資質である。取り組んでいるうちに己の資質を確信できるようであれば、もう大業は半分成ったようなものである。こういう場合は、意欲はさらに雲のごとく湧き出るであろう。つまり、その人の資質に立脚していないとワークは成就しないのである。先に、ライフワークは決意と無関係と書いたのは、そうした意味である。ライフワークは「もって生まれたもの」を努力して育てることによって成就するのである。宇宙の意志であるというのもそういう理由である。人間にとってライフワークに生きることが一番幸せなことであろう。もう少し庶民的に言うと、適職に生きるということである。これが自分の為すべきことだと思えることが、もっとも肝心である。もし、自分が従事することに対してそういう意識を持てなかったとしたら、彼が人生で、他のいかなる良いものを与えられたとしても心から喜ぶことができないであろう。反対に、己のメインワークが本当に楽しければ、他に少々恵まれないことがあったとしても、彼は幸せな人生を送ることができるであろう。人間は生きて、今、自分はやるべきことをやっているのだと思えていなくてはいけない。そうでないと、自分は何のために生きているのか分からなくなってしまうであろう。反対に、いま自分は為すべきことを為していると思えている人間ほど強い存在はない。彼には恐れるべきことがほとんど無い。彼には宇宙が味方していることが実感できているからである。

さて、外的要因で、ワークができなくなってしまうことがあるかもしれない。戦争時は、学者も文人も困ったろう。不況時には絵を描いても買ってくれる人がいなくなるだろう。まあ、そういう時は慌てても悲しんでも仕方がないだろう。鷹揚に構え、また巡り来るだろう恵まれた時代に備えて準備するのがよいだろう。

「余技」という言葉がある。立派な本業を持つ人が、一方で専門家も認めるほどの作品を提出するような場合に言う。宮本武蔵が絵を描いたようなのを指す。文学作品と認められるような自伝を書いた政治家がいたし、大部の外交史をものした実業家もいた。彼らには、溢れるような意欲があったのだ。ライフワークと呼べるようなものは、本業であろうと余技であろうと、皆、この溢れるような意欲によってもたらされるのだ。漫画家の手塚治虫は「アイデアは売るほどある」と言っていた。そういう沸き上がるものによってワークは成就する。沸き上がり方が少なければ、ライフワークにならず、余技にもならず、せいぜい単なる趣味と手すさびに留まるであろう。もちろん少しも沸き上がるものが無ければ活動の停止である。本業が忙しかったので成らなかったというのは言い訳にすぎない。それは単に意欲が少なかったのにすぎない場合が多かろう。そこに宇宙の意志が存在しなかったのである。わざわざ小説家になろうとする必要はない。宇宙の意志があれば、彼はどういう状況に置かれようと書き出すであろう。ワークというのはそうしたものである。あらゆる作品に必要なのは意欲なのである。一つの作品が譬え拙いものであっても、そこに意欲さえあれば、人は敏感にそれを察知するであろう。そしてその作者の今後に期待するであろう。意欲こそ「宇宙の意志」といったらよいだろう。

　文化的には、意欲によって作られたものだけが意義をもつ。意欲を示さない形はゴミである。そして、この世にはなんとゴミが多いことだろう。

ゴッホの絵を見ると、あれは何よりも描きたい意欲であると了解される。描かれた当時にあっては、あまりにも破格だったかもしれない。認知されるには時間が必要だったろう。私が高校生だった時、上野でゴッホの大きな回顧展が開かれた。それを見た時の感激は大変なものであった。友人にも、後年、その時の感激を語る者がいた。ゴッホの意欲が我々を襲ったのだ。ゴッホの描き方と色彩は僕らの頭脳に焼き付いた。ゴッホは、溢れるばかりの宇宙の意志を、彼にしかできない方法で我々に示して見せたのである。

人間が、一つのことに努力するのは、こうなりたい、こうしたいという願望（恒常的な意欲）があるためである。願望がなければ、人間は努力することはできない。大学に、どうしても入りたいという願望がなければ、受験勉強は挫折するだろう。この技術を習得して、このようになりたいというイメージがなければ、技術は未習得に終わるだろう。何ぴとも目的無くして、単調でしんどい作業を続けることはできない。それ故、ある人が修得した技能と経歴は、その人の願望を現している。

願望は人生の推進力である。困難な作業に耐えさせ、人生を一つの統一体に仕上げる。願望無く、場当たり的にやっていたら、困難に耐えて技術を習得することもなく、地道な作業を積み重ねることもなく、人生は結局なんだか分からないもので終わってしまうであろう。願望は人生に組み込まれた「力」である。生まれた人間は、この世でこれを為したい、こうなりたいというイメージを持っている。小さい時から、はっきりしたイメージを抱く者もいれば、人生をやっているうちに段々はっきりさせてゆく者もいる。強い弱いは別として、人間とは、そういうイメージを持つ動物なのである。ある人がどういう人であるかを知るには、まず、その人の願望を知るのがよい。次には、その人が為してきたことを知るのがよい。彼が為してきたことは、彼の願望の結果である。

願望は、その人を成就させる重要な鍵である。願望が叶えられないのではないかと心配する必要はない。願うままに進んでいったらよい。それは、その人を成就させるであろう。願望を成就する過程こそ人生というのだろう。

願望は人生を予見する。願望の中に、その人の将来が取り込まれている。この図式においては、時間は大した意味を持たない。時間は単に、この世の属性にすぎない。時間の意味は別にある。時間は種子を開花させる喜びを我々にもたらしてくれる。

願望は、生きているうちに変質することがある。自ずから変わることも、外的条件により変更させられることもある。しかし人間の願望は根本から覆されることも、消えてしまうこともない。何らかの修正を加えられても、それが達成されるまで継続されると考えられる。

人間の為すことは、一面、その人と外界との合作である。人間は十分に用意された場に置かれて、はじめて十分な力を発揮することができる。アインシュタインが五百年前に生きたら、相対性原理は生まれなかったろうし、川端康成が日本に生まれなかったら、彼は彼の力を十分に発揮しえなかったと思う。川端の場合は、彼の性格と日本の風土の相性がとてもよかったような気がする。つまり、その人を待ち受けているような場に生まれてこそ、その人は力量以上の力を発揮することができるのだと思う。

次のような言い方ができるかもしれない。人間は己の才能と、置かれた状況に従って願望する。そうでないと、人間は、有名女優の熱狂的ファンのように、非現実な渇望者になってしまう。まず実現可能かどうかの判断が為されるであろう。その可能性が感じられた時、願望は、正式にその人にやってくるのかもしれない。

さて、人間に目指すところがあると、彼の人生のあらゆる岐路において、到達点に向かう方の道を選ぶことになる。わざわざ回り道をするような場合もあろうが、それは皆、よりよい果実を収穫するための迂回路である。こうした選択は、もちろん意識しても行われるが、無意識裏にも行われる。願望があると、人生全体が、それに沿って動く。こうして願望は祈りに近いものとなる。願望は徐々に環境を整えてゆく。独自の勘も養ってゆく。

自分の願望に従って一歩一歩、歩いているという実感こそ、人生の醍醐味である。そう実感できている人は、もっとも幸せな人である。そして、そういう人のそばにいると実に楽しくなる。私は、本当の人間を見ているなと感じる。実は人間は皆このようであるべきなのだ。反対に、無気力だったり今の仕事を不平に思っている人間の隣にいるのは苦痛である。私は、本来的でない人のそばにいるわけである。

人生の願望を成就させるためには恐ろしく沢山の障害をクリアしなければならない。それぞれを踏破してゆけば、それぞれの達成感がある。それは生きる喜びとなり、次の挑戦のバネとなろう。それらを次々に踏破し、これでよいと思えたところで、ちょうど寿命がきたら、こんなに幸せな人生はないだろう。本当は人世は幸せな人に満ちなくてはいけない。各段階における達成感が人間の顔を作ってゆくのである。達成感のない顔は正当な人間の顔とならない。日に焼け、齢を重ね、皺を刻んだ農夫の顔が美しかったら、彼はいい人生をやってきたのだ。彼には彼なりの充実感があるのだ。充実感がなければ、顔に味わいも奥行きも落ち着きも出てこない。老いれば、ただ薄汚くなるだけである。

人間は願望に従って、一歩一歩、歩み、願望を実現する。報酬となるのは、達成感に伴う強い喜びである。その喜びが、彼の顔を作り、彼という人を実現してゆく。達成感に伴い、彼は穏やかになってゆく。若い頃のようなガムシャラさは消え、広々とした心をもつようになる。その原因は、己の仕事が成就する過程における、世界と人々の善意を実感するためと考えられる――彼は思う、この世の仕組みが、己を成就するように働いている、と。

願望が成就するのは、ごく自然なことである。なにしろ願望が成就する過程を人生というのだから。これは、大芸術家にも、大政治家にも、中芸術家にも、小政治家にも、市井の職人にも、名もない農夫にも当てはまると思う。

人間は一攫千金を夢見てはいけない。一攫千金を実現できるのは、ほんの一握りの人間だろう。土台を築かずに夢見続けていては危険が多すぎる。ギャンブラーのようにして人生を費やし、最後に落ちぶれ、これが俺の人生だと嘯いていられるほど詩的な人間は、それほど沢山いようとは思えない。彼は結局、達成感無く死ぬことになろう。これは、極めてしんどいと思う。

次に、素材としての世界について考えてみたい。

この世は豊富な素材であると思える。実は素材には満ちているが、その素材を利用して何かを作ろうとする意志がないと、どうにもならない世界でもある。例えば十分に金があるとしよう。しかしそれを何かに利用しようという堅固な意志がないと、それは単なる紙の束にすぎない。銀行に預けられて単に保管されるか、目的無く使われ、あれよあれよという間になくなってしまうかである。また、まとまった時間が与えられたとしよう。これを有効に使えるのは、前々から、今度、時間ができたら、これをやってやろうという強い意志を持っていた人間に限られるのである。時間に対する何のイメージもなかったら、与えられた時間は、あっという間に消えてしまうであろう。この豊富な世界は、強力な意志と対になって、はじめて有効な世界となるのである。人間は、ただ自由が沢山あればよいと思っている。しかし、金も時間も物も、意志のない者に与えられても何の意味もない。小人閑居して不善を為す所以である。

時間さえ有ったら、あれもこれもすることができると思うのも錯覚だろう。本当にやりたいことが有ったら、微細な時間を捻出して、早速取りかかるであろう。時間ができて、おもむろに取りかかるようなことなら、やってみたところで、大した効果はないだろう。

反対に、初めに、明確な意志が有れば、計画を立て、それに沿って必要なものを集めることができる。なにしろ、この世は豊富な素材なのだ。人生はガムシャラに働けば効果があるといったものではない。ある場合は三年寝太郎こそ正解だ。みんなに怠け者と言われて寝て過ごす青年も、ただ居眠っていたわけではない。うまく成功するための方策について思案をしていたのである。そして思案さえ成れば占めたものである。後は計画に沿って着々と実行である。

事業をする人にとっても、絵を描く人にとっても、詩を作る人にとっても、この世は豊富な素材である。芭蕉は詩を作るための旅に出た。彼の旅の目的は詩の素材探しである。雪舟も画材を求めて旅に出た。私の知っている写真家達も風景を求めて旅に出る。短歌なら身辺の出来事や日々の感懐が題材となる。短歌にとっては生活そのものが素材である。詩を作るという目的がなかったら見過ごされてしまうような事象に彼らは目を留め、文字で定着させる。詩作に限らず、人生に目的があれば、多くの素材の中から、目的に合ったものを取り出すことができる。骨董趣味の人は町を歩いていても旅に出ても、骨董店があれば入って物色する。そして年来探していたような物にぶち当たれば、大喜びで購入して帰る。こういう趣味の人に言わせると、こういうものが欲しいとイメージすると、何年か後には、必ず手に入るのだという。やがて彼の家は彼の眼鏡にかなった物で徐々に満たされてくる。実に、蒐集は一つの「創造」である。柳宗悦の収集品や、彼の弟子の池田三四郎の集めた家具が、そのことを証明している。利休が愛好した茶道具は「利休好み」という名称まで付けられている。溢れるほどの物の中から自分の好みに合致した美を引き抜くことこそ蒐集の眼目である。蒐集作業がなければ、世の中の器物はミソクソ一緒のまま、やがて消えていってしまうであろう。蒐集は価値ある物を掬いだし後世に伝えるための重要な作業であると考える。どこかに、優れた物は残そうという隠れた意志が働いている。

好みのものを集めるのは蒐集作業に限らない。名棟梁は、好みの材を集めて一軒の家を建てるだろう。名監督は、好みのスタッフと役者を集めて、映画を作るだろう。

ジョン・フォード一家や黒澤一家が形成される所以である。編集者も、自分の好みの筆者の文章や、好みの写真を構成して書籍を作る。その好みが良ければ、大いに歓迎され、評価される。

この世界は素材であり、「意志」を待《ま》っている。一つの明確な意志が存在すると、素材は集まってくるようにできている。人間の正しい意志は、実は神の意志なのである。

人間の意志――この世で、これをしたいというほどの意志――は、人生を決定する。それは人生の顕在的な部分ではもとより、潜在的な部分でも強力に働く。そして、己を実現するための材料を己のもとに集める作業を無意識裏に行う。金を引き寄せ、物を引き寄せ、人を引き寄せる。意志を持っていると、人全体が、その意思を雰囲気として表すようになる。目つき顔つきが変わってくる。同じ意志を持つ者は互いに一瞥して、その意志の存在を確認する。結婚相手を求める男女が一瞥で互いの意思を確認するようなものである。意志ある者の周囲の人間は、それを感じて、その意志が正当なものであれば実現させてやろうと考える。例えば、ある人に会うと、先の人のことを思い出し、引き合わせてやろうと考える。ある物を見ると、これはきっと彼が欲しがっている物だと推定し、早速彼に教えてやろうと思う。明確な意志があると周囲も協力して、その実現に努力する。人の世は実によくできている。ある場合には、生死も意志によって左右されるように思える。強い死への願望、あるいは生の断念があると事故死する確率が高いと考えられる。ダイアナ妃の交通事故死は、その典型と思える。それで自殺かと思える交通事故死が存在するのである。反対に、死ぬ意志が希薄なら自殺しても死ねない。つまり自殺未遂である。生きる意志がしっかりしていれば、病状と経験に照らして医師が、もう駄目だと判断する患者も、やがて快癒しよう。

また、意志を感じるのは、くじ運の強い人を見たときである。彼は多分常に僥倖を念じ、また確信している。くじは確率よりも意志に支配されているように思う。ギャンブラーは、その意志が異常に強いのであろう。そういう性格と意欲は、また、格闘家に欠かせない資質である。格闘家は、闘う前に既に勝っているようでなければならない。そうでないと彼は負けるであろう。彼らは多くの場合、もう技量だけでは優劣がつかないような厳しい状況に自らを置いているのである。意欲がものを言おう。

一つの意志は、無意識裏に計画を立てる。意志を実現するためには、これとこれをせねばならない。順番をどうするか。そして具体的な方策は。もちろん彼は意識して計画するであろう。しかし彼は無意識裏でもそれを行う。目標への指向が、それを彼にさせるのである。それでなぜ自分が、こういう道をたどるのか理解しがたいこともある。無意識は意識より賢い場合がある。目的が実現したときに分かる場合がある、あのときのあの修練が今日の礎なのだと。

以上とも関連して、もう一つ私が感じていることを記そう。

男が成長して、女を求めだすと、そこに女という存在があるというのが、人間界の一つの原理である。まず、女の存在を認めて、それで男が惹かれるというのではないような気がする。現実の女を認める前に、男の中にイデアとしての女がいるのだ。もちろん、女と男を入れ替えても同じだろう。また、これは人間界に限らず、動物界、いや生物界全体の原理でもあろう。そしてこういうのは、男女、雌雄に限らない、この世界全体の原理のような気がするのである。

人間がいる。青年と仮定しよう。彼は、ある性格と、嗜好と、才能を備えている。それで、これから人生で何事かを為そうというわけだ。もし彼が人に抜きんじた能力を備えていたとしても、それだけで彼の仕事が成就するわけではない。彼が作家志望なら、彼の作品を掲載してくれる雑誌が必要であり、単行本にしてくれる出版社が必要であり、その前段階として、彼の仕事を認めてくれる先輩や同僚や編集者が必要であり、あるいは登竜門になる文学賞が必要となる。つまり、彼の受け皿が必要なのである。意志を持つ人間と受け皿が対になって、この世の仕事は成就する。こういうのを私は、この世の雌雄関係と呼びたい。

もしかしたら、人間は受け手を予感して意欲する。それで、ある人間が情熱を感じることには、その場が必ず用意され、実現されるよう仕組まれているのかもしれない。人間は本来、己にとって実現不可能な意欲を抱いたりしない。どうしても実現したいと思うことは実現し、どうしてもなりたいと思うものになれるというのがこの世の仕組みであろう。

この世は雌の原理をもっていて、我々の意欲を（つまり雄を）待っている。雌雄合体することによって、新しい形が生まれる。つまり創造が成るのである。意欲を持つ個体だけで何事かが成ると思っていたら大間違いである。「お陰様」というのはよい言葉である。そして、よく現実に合致した言葉である。お陰がなかったら、つまり（受け手がなかったら）己だけでは物事は成就しないのである。

雌雄原理の考え方の基本には、この世と、己という存在に対する絶対の信頼が存在している。この世が無目的で、偶然だけが支配しているように感じている人には雌雄原理は納得し難かろう。彼にとっての世の中は早いもの勝ちであったり、弱肉強食だったりするのではないだろうか。実は、この項の論に限らず、私の基本姿勢には、この世界のでき方に対する絶大な信頼が基になっている。ここに書くことは、そういう人間が、生きて推論したことである。実は雌雄原理は、それほど明確に、そして度々確認できることではない。極端な言い方をすると、そうではないかなとあらかじめ考えている人間にかろうじて確認できる程度のことであろう。

この原理は、つまりは己の意志に対して、それに呼応する外界が用意されるという考えである。己の意志が機縁になって外界が整うのか、あらかじめ用意されている外界に己が反応するのか、両者が期を一にして現れるのかは知らない。つまりは、我が内と外界が一体のものであるということなのである。

強く意志しても外界が整わず、成らないことがある。また外界が整っても、こちらの準備不足や力不足で成就しないことがある。なぜだか理由は定かでなく、うまくゆかなかったということもある。そういうのはそれでよいのであろう。雌雄揃わず、子を成さなかったのである。物事が成るためには内界と外界が共に揃わなければならないのだ。子ができなかったら、世間的には失敗ということになるが、当事者は気に掛ける必要はない。現実のこととしては、進学に失敗したり、就職に失敗したり、失恋したりというのが、それに当たろう。それらが、本人の一応の努力の結果だとしたら、私は、それでよいことなのだと思う。その失敗のために新しい、あるいは思ってもいない展開があろうし、間違ってうまくいってしまっていたら、かえって悲劇的な結果になってしまったことかもしれないのである。もし間違って結婚すると、大変な葛藤が続き、時間とエネルギーをロスし、挙げ句の果てに離婚ということになったかもしれない。人生の一時期、ただただ消耗だけがあったということになるかもしれない。子供ができていたりしたら、二人だけの失敗で済まされない。それなら、初めからうまくゆかない方が気が利いている。私は初めの就職試験に失敗し、別の会社に入ったが、私が入社した直後に初めに私が受けた会社は倒産してしまった。ああ、よかったと思ったものである。実は、落ちた会社の面接は陰々滅々たるものがあり、受かった会社での面接は和気藹々たるものがあった。求められているところに行くのと、求められていないところに出向くのとでは大違いである。

私は、失敗するのは、いわば神がよしとしなかったためと考える。つまり雌雄原理が働かず、物事が成就しなかったのである。人間は失敗時には実は「うまくいった」と思わなければならない。大体において、祝福されて成就する時は、なんて間がよいのでしょうという具合に物事が運ぶものと思われる。私が望み、外界が用意され、何の支障も無く事が成ってしまう。そういうことは確かに人生にままあるのだ。成り行きとしては、待たれている場に踏み込んでゆくようなのが上々であろう。私の経験から言うと、苦闘に苦闘を重ねてもうまく事が運ばない時は、さっさと撤退した方が得策と思える。極言すると、人間はうまくゆきそうなことだけをやっていたらよいのである。

この世に雌雄原理が厳存するというなら、予感もありえよう。人は「こうすれば、こうなるはずだ」という類推で行動する。ある場合には、どうしてもそうしたいので行動する。そしてある場合は、きっとうまくゆくと一種の予感をもって行動するだろう。感受性が強い人は、赴く方向の雰囲気を強く感じることができるだろう。手持ちの情報を元に状況判断すると右に向かうのが当然なのだが、どうも全体に左に向かうような気がしてならないといった具合である。そして大方の判断を裏切って、結果は左に向かうのである。

データは集めるだけ集めるとして、最後はこういう勘に頼ることに私は賛成する。ただし、こういう勘は、いつも働くとは限らない。そういう勘が強烈に働くときに限って、それに従ったらよいと言うばかりである。無理に勘を働かせようたって、そううまくゆくものではない。アメリカの光明思想家ジョセフ・マーフィーが達人的なギャンブラーについて書いている。そのギャンブラーは、勝つという強力な直感がやってきた時にだけ賭にのぞむのだそうだ。予感がない時は昼寝をしているのだろう。やくざな渡世人ながら天晴れな姿勢である。たとえ勝敗を予知する特殊能力を与えられていたとしても、この人の真似をするのは至難の業である。私なら一度大儲けしたら、舞い上がってしまい早速二回目の挑戦をして大損するに違いない。だいたい日常生活において勘は不要である。普段は常識と成り行きに従ってやっていたらよい。言ってみれば、普段の生活においては、左しても右してもよいようなことばかりなのである。

物事の成る成らないの半分の責任は私にあり、他の半分は私のあずかり知らないところなのである。我々は慎ましく願わねばならない。何しろ願いさえすれば現実化するというわけではないのだから。我々は慎ましく望み、しかして、うまくいかなくても諦め切れないというのなら望み続けるのがよいだろう。そのうちに外界が整うかもしれない。

雌雄原理の基本になっているのは渾然一体の考え方である。内も外も本来は一つという考えである。宇宙は人を活かそう活かそうとしていると思う。我々は誕生とともに、我々とは無縁でなんだか分からない世界に放り込まれたというわけではない。生まれてきた私を親や地域や国が護ったように、我々は基本的にこの世というシステムに護られていると思う。私は偉大な愛に包まれて存在している。

II　原初の光景

仮相世界

この世も、人間も、なんとも不可解である――と、ずっと思ってきたが、ここに至って、いささか私なりの理解を得たので、次にお示ししたい。

人間はこの世に生まれ、生き、ある仕事をし、その間、生きるために（生存を保つために）悪戦苦闘し、そしてある時間経過後に死んでしまう。生まれる前のことも、死んでからのことも我々からは隠されている。ただ、なんとなしに多くの人が、死んでお終いになってしまうのではないらしいと思っている。つまり、我々の実体が（本当の姿は）生死と関係なしに存在するらしく思っているのである。それは、死者を弔い、祀《まつ》ることを当然のこととしていることや、生まれながらに善悪の判断ができ、後は野となれ――といった生き方をせず、価値あるものと、そうでないものとの識別ができ、否定するしないは別として神の観念を所有し、限りある人生を生きていながら永遠の概念を持ち、永遠なるものに憧れを抱いていること等から類推できるのである。そして、各民族ごとに、独自の全体観（宇宙観）を持っている。たとえば、インドの宗教では、人間は輪廻転生を繰り返すことになっている。繰り返し生まれ、修行を積み、最終段階として覚者（完全な悟りを得たもの）になると、それで輪廻転生の「上がり」である。そこで、人々は修行を積み、覚者を目指し、もう、この世に生まれてこないことを願うのである。このインドの伝統的な考えによると、この世に生きることはあまり楽しいことではなさそうである。思うに、インドの人々が、この世界観をどんなに信じようとも、実証しえない以上、それは類推された構想であり、宗教であり、一つの詩であるにすぎない。決して立証できることではない。ある時代において日本を含む東アジアでは、死者がゆくべき浄土が構想され、信じられていた。現代人は、そうした構想を持たない。たぶん人間にとっては、死後の世界が共通認識され、信じられた時代のほうが生きやすかった（安らかに生きられた）のではないかと思う。現代人は隠された世界（生前と死後の世界）を隠されたままにして、なんとなく宙ぶらりんで心落ち着かない。いずれにしても、この世が全てだという認識は間違っていよう。あくまでそう主張する人がいたら、私はそういう人（生前、死後の世界など無いと考える人）を上等な人とは思わないし、お付き合いもしたくない。私は、この世が、永遠な世界の一齣《ひとこま》だという考えに賛成する。私としては、そう思わない日には安心できないのである（私だけでない、多分、全ての人が）。

私のように思わない人というのは、この世に実在感を感じすぎてしまっている人だろう。この世は、本当に実在しているのだろうか。彼は言うだろう「君はこの寒暑があり、苦痛や快感があり、触れば堅いものだらけの世の中を、実在しないとでもいうのか」と。私は、実は、それに近く思っている。私は、ある日の明け方、夢を見た。それは一度目覚めて、再度眠った時である。つまり、浅く眠った。実は何の夢を見たか、いまは忘れてしまったが、夢を見ながら、これは夢なんかじゃないだろう、その証拠に、何とも恐ろしいほどの実在感があると、私は眠りながら考えていたのである。それから目覚めた。つまり大変実在感がある夢を見たのである。それから考えた、人間が感じる実在感というのも大して当てになるものではない、もしかしたら、この世も、この夢に近いのかもしれない、と。まあ、これは一つの個人的な体験である。

さて、この世に実在感を感じすぎている人にとっては、死は、それは恐ろしいものに違いない。なにしろ、この世が実在していて、死とともに全てが無になってしまうのだから。彼は死を前にして「死にたくないー」と絶叫し、苦悶の形相《ぎょうそう》で死ぬことになるだろう。実は、この手の人にとっては実際には死ぬ以前のほうが、もっと恐ろしい、つまり、生きること自体が死に向かう行進なのだから。彼の人生は死刑囚の人生だ。私は、そのような人生を生きたくない。私は心安らかに生き、帰するがごとく死にたいと思う。

私は、ここで、人間が生きているのと、死んでからと、どちらが真実かというと、どちらかというと後者のほうが真実なのだという考え方を提示したい。

あまり急ぐことなしに、私の理解をお伝えしてゆくことにしよう。

私には、この世にいる期間だけが人間であるとはとても思えない。つまり、無から生まれ、この世に存在して、死んで無になってしまうという認識にはとても賛同し得ない。私の考えによると、人間は一時、この世に現れているにすぎないのだ。人間は消えも無くなりもしない。これが私の基本的なスタンスである。ただ、この世に存在する前後の部分は現実問題として、我々から隠されている。それを五感で知ることも捉えることもできない。まあ、それが当たり前で、それでよいのだと多くの人は思うだろう。でも、私としては、何とか人間の全体像を知りたい。そして、人間が何であり、人生（この世の生）とは何かを知りたい。知ることができないというなら、せめて自分なりに解釈し、納得したい。私がそうしたいというのは仕方がないことで、私がそういう性向を持って生まれてきてしまっているからである。私は人間に隠されている秘密を暴かないと、あるいは自分なりに理解しないと我慢がならない。

人間というのは実は永生（生き通し）のものであって、この世にやってきて、やがて去ってゆくものであると考えよう。すると、何やらこの世は一つの舞台のようなのである。我々は役者であって、この世で、当てがわれた役を演じている。

つまり、この世は実質世界でなく、一つの現れの世界である。この世に現れている（生きている）のは、この世に現れてない（誕生していない、あるいは死んでいる）のと同義と言ってよい。実は我々の実質は役者であって、今この舞台に登場しているにすぎない。では、この世はどういう意味を持つのだ。実は役者は舞台に出たくて仕方がないのである。それと同じだ、人間はこの世に現れたくて仕方がない存在なのだ、多分。人間なるものにとって、この世という舞台は必須のものなのである。

実は、この世に現れて、表現したいと思っている（舞台で演技したい）実質は神であると思う。旧約聖書によると、神は六日間かけて万物を作り、最後に人間を作り、その後の表現を人間に任せた（七日目は休まれた）。場（舞台）を作ったのが神であり、あとの創造は人間を通して行うこととされた（この、七日間で世界ができたというのはユダヤ人に限らず、五千年ほど前の西アジアの全ての人々にいきわたっていた考えらしい）。

人間は誕生という出来事により、この世なる舞台にいきなり放り込まれたというより、自ら進んで、やって来た。神の意を体してである。そして自分の任を果たす。この世には目的がある。私は、それを大きく二つ想定する。一つの目的は、己を表現（演技）することである。絵を描く魂がやってきて己の絵を完成させる。教育者の魂が教育者を完成させる。革命家の魂が革命を成就させ、政治家の魂が己の政治を実践する。そして、もう一つ目的があるように思う。これはインドの伝統の考え方に似ている。己を表現する目的を持ってこの世に生きる過程で、自然ともたらされるものである。生きる上では困難が多い、目的を達するために長い修練が必要であり、忍耐が必要であり、障害があったら乗り越えねばならない。食べるために苦闘せねばならないなし、ある時は二律背反の立場に立たされて苦悶せねばならない。己の欲望と社会の規制の折り合いも付けねばならない。何やら砥石で磨かれるようなのである。つまり、もう一つの目的は魂の純化、浄化、進歩ということである。生きるに従って人間は上等になってゆく。この辺りの過程を無視すると、道を踏み外すことになる。心得違いをして無頼漢になる者も出てこようし、ミスって落ちこぼれる者もいよう。自滅してしまう者もいる。人間社会の迷惑だというので隔離されたり抹消されてしまう者もいるだろう。この世に生きる以上、地道にやるよりやり方はないのだ。この世に生きることを通して、我が儘な人間は、余計な部分をそぎ落として清らかになってゆく。どうも、こういうのも、この世に生きる、目的の一つであるらしい。

自己を表現するということと、魂の進化ということは実は一体のものであるかと思われる。両者は対になっているのだ。人間はこの世で己の仕事をし、生き、そして、その過程を通じてだんだん己を上等にしてゆく。これが、私が考える、とりあえずの人生の姿である。

実は、まだ隠された目的があるようだ。年末にいたって中学校の友人より喪中葉書が届いた。お母さんが九十九歳で亡くなったという。この方には、たぶん私も何回かお会いしている。私は、その九十九という年齢を見て、何やら幸せな気分になった。

母上は、その生を生き切ったのだ。序《つい》でに言うと周囲からも大切にされたに違いない。ぞんざいに扱われたら、とても百歳近くまで生きられないだろう。それでなんとなく感じられるのは、人間は、この世に生きること自体に意味がある。女性なら、子を産み、育てるというのも立派な仕事であろう。この世の生についての隠された目的というのは他にもっとあるかもしれない。そうそう、「遊ぶこと、喜ぶこと、この世の生を楽しむこと」を忘れてはならない。もしかしたら、これが最大の目的であるのかも知れない。ただし「遊ぶこと」は、初めに挙げた「己を表現すること」に限りなく近いであろう。

さて、そうした詮索は、ひとまず措くことにして、論を進めよう。

人間が、この世の最終の（つまり、神の次の）表現者ということは、人間は「神の先兵」ということである。神の意志を体してやってきた者――実に、人間は神の子である。人間は、一般に自分自身をかなり詰まらないものと考えている。それは大いなる錯覚であり、大いなる誤解なのだ。同時代人が、そう考え、歴代の人々もそう考えた――だから正しいとするのはまことに馬鹿げている。それは、みんながやることは正しいとする実に浅はかな考えである。みんなで自らを卑下しているので、いつまで経っても上等な世の中にならないのだ。

さて私は、人間の本地（真実の居場所）は神なる世界であって、この世は現れの世界であると考える。ナザレのイエスは「我が国はこの世の国にあらず」（ヨハネ伝第18章36節）と言っている。「御意《みこころ》の天（本地）に成るがごとく地（現世）にも成らせたまえ」（マタイ伝第6章10節）とも言っている。私の説はイエスの基本構想に一致する。実は、人間の実体は常に本地にいて、この世に身を現している。この世を舞台とするなら、舞台上で死ぬ役者も楽屋に帰ればピンピンしている。厳しく言うと、人間は、この世に生まれない、それで死ぬこともない存在なのである。この世は仮相《かそう》にすぎない。太平洋戦争時にフィリピン攻略戦を指揮した本間雅晴中将は、計画的な残虐行為をしたという理由で敗戦の翌年マニラで銃殺刑になった。そして友人宛の手紙に「今となっては、一切夢にござ候」と書いた。彼はマニラ進駐にあたり「焼くな、犯すな、奪うな」を徹底させたような名将で、死刑の真意は、マッカーサーをマニラから追い落とした日本軍司令官に対する彼の報復ということらしい（敗将を殺してしまうのがアメリカ流らしい）。「一切夢に……」は、非常時の悲劇の人の言葉としてまことに胸に迫るものがあるが、非常時ならずとも、人間は自らに「一切夢にござ候」と言い聞かせながら生きるのが正しいと私は考える。

西洋の賢人が言う「私どもは夢と同じものでできている!」(シェイクスピア)。歴史上の多くの英雄が人生を夢とした。太閤の辞世――露と落ち露と消えにし我が身かな　浪華《なにわ》のことも夢のまた夢――によって私は豊臣秀吉の立派さを思う。彼は最後にいたって、この世界の実質に気が付いたに違いない。そこいらにいる成り上がりの成功者とは訳が違う。実は、戦国武将は多かれ少なかれ、この世を夢と思い定めていた模様である(多分そうしないと、やっていられなかったのである)。「夢まぼろしのごとくなり」と謡《うた》った織田信長も、辞世に「四十九年一睡の夢」と記した上杉謙信もそうだった。明智光秀の辞世にも「五十五年の夢」の一行がある。この世は一つの劇場にすぎないのである。この世には不幸も悲惨も破滅もある。世間虚仮《せけんこけ》、唯仏是真《ゆいぶつぜしん》(この世界は虚妄であり、仏だけが実在する)――偉大な聖徳太子の言葉が思い出される。日本の歴史の初めに登場した聖徳太子が生きたのは内憂外患の激動の時代であった。太子は篤《あつ》く仏法を尊び「世間虚仮、唯仏是真」と唱えられた。世間が虚仮だから適当にやろう、生きようというのでは決してない。ご存知のように太子が、この世で行われた事業、生き方は、千五百年後の今日においても輝くばかりである。太子の言葉は退《たい》嬰者《えいしゃ》の言葉でなく、歴史的な創造をした人が原動力とした言葉である。
この世の生は長い。己を表しつつ楽しく生きねばならない。後ろめたいことをしたり、チョンボをしたり、他人を傷つけたりしたら、生きている間中いやな気分が付きまとうだろう。だから不道徳なことを為してはならない。他のためにではなく、己自身が心楽しく生きるためにである。この世というのは大切に扱わないと罰が当たる舞台である。

さて、この世が実在でない一つの証拠は、この世が壊しうる世界だということにある（壊れるものは実在とはいえない）。また、悲惨も起こりうる世界である（悲惨が起こるというのでは実在世界とはいえないと考える）。ずっと留《とど》まりたいと思っても、やがて去らねばならない世界でもある。この世は生々流転し、永続性のあるものなど一つもない。こういう意味でも、実在の世界とは認め難い。夢のような世界である。ただ、実在する何ものかを反映させている。それでデタラメの世界ではない。私は人間が心の迷い（憤り、憎しみ、悲しみ、嫉妬、羨望、疑心、欲心、邪心……）を去れば、それなりの楽土が現れるのだと思う。悲惨（見聞きしたくないこと）は、分からず屋の人間が無理無理に（本来に反して）現したことであると考える。故に悲惨は長続きしない。やがて消えてしまう。戦争も内乱も独裁政権も終結を迎える。みな本来の現れではないからである。虚仮の世界も、それなりの真実が反映されている。動物界における争い（弱肉強食）も、大調和の中のささやかな争いにすぎないだろう。強者が弱者を喰うのは最小限にとどめられる。しかも、そこにも隠された法則が存在しているはずである。たとえば、もう傷ついて死すべき草食動物が肉食獣に喰われ、弱く生まれてやがて死すべき獣が喰われ、また動物界の全体の均衡を保つために喰われているのであろう。微視的に見たり、短絡的に判断してはならない。多分ものすごくうまく展開しているのだ。この世には極悪の存在も、やられっぱなしの存在もないのだと思う。聳《そび》えすぎた山は崩れ、海も時を得て隆起するだろう。大地は暴れるが、火山も地震も津波も暴風も人類を滅ぼすほどの横暴さを持たない。

新聞、テレビは考えられないような人間の悪事、愚行を連日にわたって報道するが、それも世間に行われる善意と助け合いと思いやりに比べれば、ごくわずかな部分でしかない。それは人間の失敗部分なのである。そういう失敗部分は認識すればよいのであって、決して注視してはならないし、過大視してはならない。そういうのは、心得違い者がやった愚行なのである。それに対して防護措置を取るのは当然のことだが、後は、こんなこともあるのだなあ、こんなことまでしてしまうのだなとしておけばよい。こういうのが人間なのだなどと、決して勘違いしてはならない。悪行と悲惨は、本来の人間とは水と油のように交わらないはずなのだ。

この世は堅固ならざるものである。極端に言うと水素爆弾によって地球も吹き飛ばすことができるのかもしれない。地球が無くなれば、宇宙の均衡が破れ、それこそ大混乱の様相を呈するだろう。もっと規模が大きな話では、近年、素粒子物理学において発見されたヒッグス粒子は想定と違って不安定なため、宇宙は真空崩壊によって一瞬にして消滅してしまう可能性があると報告されている。もっと卑近な例では、一個の茶碗は、いずれ落下して割れる。光悦の名碗も、そういう例に漏れない。しかし光悦の茶碗自体が儚くとも、これを作った光悦の意思、構想、美観は恐ろしく堅固である。光悦の茶碗は、そうした光悦の意思、構想、美観を造形している。この世が存在しないと彼はその内なるものを表せなかった。私らにそれを伝えることもできない。もちろん光悦自身も喜ぶことができない。みんなで表し、喜び合おう——これが、この世の存在の実相である。この世が光悦を光悦たらしめ、芭蕉を芭蕉たらしめ、モーツァルトをモーツァルトたらしめているのである。この世は実に破壊よりも創造に相応しい。この世は堅固でなくとも、堅固なる何ものかを象徴している。自然は——山や、森や、川や、海は、朝日は、夕日は、美しさの存在を指し示す。移ろいゆくものの彼方の美しさの存在を。この世の裏に透けて見えるのは美しさと善意だと思う。

人々が錯覚するので、混乱の多くがもたらされる。錯覚の初めは、繰り返しになるが、この世が堅固な物質によって出来ているという捉え方である。この世の物質は、我々が思うほど堅固ではない。石は自然物としては一番堅固であろうが、自然の中にある限り常にその位置を変え、形を変る。山も長時間のうちに動き、無くなったり出来たりを繰り返す。動植物は百年千年単位で見れば、形をなしていないとさえいえる。人工物も千年ともつものは少ない。この世は堅固ではない。生々流転し、変化こそ常態である。この世は放っておいても変化もするが、人間の意志によって変えられるのを待っている世界と思った方がよい。もちろん人間の意志は世界遺産の例のように、一方では変えないようにも努力する。どちらにしても堅固さはないといってよい。だから、この世を牢獄のように感じるのは誤りなのだ。堅固でないのは物質だけではない。制度も組織も社会も文明も、こうと決まったものではない。何が起こるか分からない。小学校の時の同級生のN君は、中学で少しも勉強しなかったが、受験した県立高校がその年は偶然に定員割れだったので合格してしまった。私は、この考えられない成り行きに吃驚《びっくり》した。また、私の大学卒業当時は出版社に入ろうとする者が多く、倍率数百倍となるところもあって、入社するのは至難の業であった。志望者は大学に入った頃より、出版社に入るための勉強をした。ところが、突然出版社に入ろうと思い立った私はいかなる準備もしなかったが、履歴書を送った出版社が求める条件にうまくフィットしたばかりに簡単に入れてしまった（まあ、そういう出版社が偶然に有ったのだ）。この世はかなり自由であり、フレキシブルである。何かをするために、規定の条件を満たさねばならないということもない。希望の学校や会社に入れなかったというので悲観することも全くない。希望にそえなかったがために、もっと自分に相応しい場に巡り会えることもあるかもしれない。私が勝手に考えるに、窮屈きわまりない世界だと思ったり、自分などは資格がないので駄目だなどと考える必要はない。そんなことより、自分が一体何をしたいのかを知ることこそが重要である。こうしたいという確かな希望があれば、道は拓《ひら》ける可能性がある。希望なく（水の分子のブラウン運動みたいに）動いても無駄骨になることが多いであろう。物質が、人間の意志によって変形できるように、この世も意志によって変形でき、人生を切り拓くことができる。牢獄の扉が鍵によって開かれるようにである。

この世が堅固でがんじがらめに思えたら、少しインチキしてでも、その場しのぎをしよう、打開しようと思ってしまうかもしれない。金が欲しいので、横領したり、盗んだり、強盗をする類《たぐい》である。あるいは、もう駄目だと自分自身で決めつけてしまう。そうなったら美しく調和あるべき世界も暗黒世界に変わってしまうだろう。

この世を堅固であると見なすことと関連するが、この世が競争世界であると考えるのもよくない。競争なんていうものは、百メートルを何秒で走るかとか、どれだけ遠くへ跳べるかとか、あらかじめ規則を設けて得点を競うとか、碁盤上で白黒の決着をつけるとかという、めちゃくちゃに限られた場面においてしか成り立たない。一人のチャーミングな女性を誰が射止めるかというのも競争ではない。一番相応しいカップルが誕生するだけのはなしである。誰が入学でき、誰が就職試験に合格するかというのも競争とは認められない。明らかにレベルに達しなかった者が落ち、適性に欠けた者が落ち、本気度に欠けた者が落ちるだけのはなしである。高校の時は一応受験校だったので、隣の奴と競う気持ちが強かったが、いざ、大学入試が済んでみれば、同クラスの仲間は、一人、二人の例外を除いてみんな志望校を落ちてしまった。そして一同揃って浪人の身となった。隣人を敵視しても意味がない。レベルに達していなければ、みんなで落ちてしまうのである。それで私は、偶然に隣同士になった者と張り合うというのは本当に馬鹿げたことだと悟った。また、間違ってうまくいってしまうのも決して喜ぶべきことでない。間違って入学し、就職し、間違って結婚すれば、やがて、退校、退社、離婚ということになるだろう。前述の幸運に県立高校に入学できたN君も、間もなく退校した。大成するために、初期のつまずきが必要なこともある。早い時期の失敗なら方向転換が容易である。若い時の苦労は買ってでもせよと言われるほどである。人間社会において「苦労人」は貴重な存在である。彼には、人生をスムーズにやりすぎた人間には備わらない味もあれば、出来ない役割もある。初期の成功が、その人を駄目にしてしまうこともある。初めにうまくいけば、何が何でもこの道を進もうと思ってしまう。その結果として、晩年にいたって己の限界を知らされるのは悲惨である。

人生における、その時その時の失敗や挫折は一向に問題とならない。試行錯誤を通して人間は徐々に己を形成してゆく。人間は結局、晩年にいたってうまくゆけばよいと思う。中国では秦のあと、項羽と劉邦が覇を競ったが、項羽が優勢であり続け、劉邦は幾度も逃げた。ところが最後のここ一番という戦いでは劉邦が勝って漢の高祖となった。画人富岡鉄斎は八十七歳まで生きているが八十を過ぎてより、その画境の進展が目覚ましく、彼がもし八十にならないうちに死んでいたら、画史にその名を留めなかったろうと言われている。人生は何があったって捨てたものではない。教師になってみたが、やはり相撲取りだというので、史上最高齢で初土俵を踏んだ智乃花みたいな人もいる。横綱にはならなかったが小結にまで昇進し、彼の人生は悔いがなかったろう。どっこい生きているといったものである。

私も、この世を生きて、うまくいったこともあるし、うまくいかなかったこともある。やることなすこと皆うまくゆけば気分はよいであろうが、そうはゆかない。実は私はうまくゆかないことがあってもよいと思っている。自分の仕事として宿命づけられているようなことは、だいたいがうまくゆくものと思う。ただ、そういうのが（宿命づけられた仕事が）初めから明瞭にされているわけではない。我々は、そういうのを確かめつつ人生をやっているのだと思う。それで、全く拒否されたことは、己の道ではないと思えばよいのだろう。こっちの道はだめなので、あっちの道を行ってみよう。いや、やはりこっちの道がよさそうなので、再度挑戦してやろう。そうして歩いた道が自分の人生の軌跡である。心理学の授業で「酸っぱいブドウの反応」というのを習った。イソップ物語に、狐がブドウの実が生っているのを見つけて採ってやろうとするが、高すぎてどうにもうまく採れない。それで狐は言うのである。「あのブドウは酸っぱいに違いない」。専門的には合理化というらしい。しかし、これは捻くれた心理学者が考えついたものだろう。人生では自分のものにならないブドウがあったってよいのである。無理に採ろうと時間を無駄にする必要もないし、下手な弁解をする必要もない。うまくゆかなかったら、これは自分のものでないと思って、大威張りで去ればよい。もし、本当に諦め切れないとなれば、何としても手に入れようと算段するに違いない。そこいら辺は適切な判断が求められる。私は、努力は十分するとして、本当に拒否されたら、さっさと去った方がよいと考える。叶わぬ恋に執着して身を滅ぼすなんていうのは褒められたことではない（近年、相手の女性を刺し殺すストーカー事件が続出している）。私には、本当に自分に属するものなら自分のものにならないはずはないという信仰がある。「悪戦苦闘」は往々にして無理であることのサインである。自分のものなら（神の意志に沿ったものなら）、すんなり自分のものになるはずなのである。自分の道なら、何と間がいいんでしょうと拓けるのではないか。私は、なんとなくそう思っている。失敗はあってよいし、また実際に沢山失敗しているが、何も得ることがないような失敗はしたくないし、失敗によって立ち直れないほどの痛手をこうむりたくもない。そう考えるのが正当な生き方と思う。なにが何でもというのはやはり間違っていよう（ただし、志望大学に落ちて、どうしても入りたいなら、翌年再挑戦すべきである。大学に落ちるなんてのは拒否されたうちに入らない）。

この世で価値があるのは、競争を想定し、それに勝つことではない。己の道を行くこと、そして大成させることである。生きていると競争の様相を呈する場面に度々遭遇しようが、それは前述のごとく、そのように見えるだけである。人生には基本的に競争はない。己を掘り下げるという孤独な戦いがあるだけであろう。優れた仕事で、この仕事は、誰かに勝つために為されたのだというのが、かつてあっただろうか。歴史上の、文化史上の偉業に、そんな例はないはずだ。誰かに影響されたり、誰かを乗り越えてやろうとするのはよいだろう。誰かを出し抜き、打ち勝つために成されたという仕事はないに違いない。

私に言わせると全てはまことにうまく展開している。不調和や不協和は、人間が無理無理に現したことである。人間が本来を破って行動した結果が、悲惨、不調和、混乱である。日本列島でいうと縄文時代には、争いがなかったと考古学が報告する（次の弥生時代になると殺し合いが頻繁となる。傷を受けた遺骨が掘り出されるのである）。縄文時代は、社会が出来る以前であるが、人間は、それぞれに自足して生き、邪心を抱かなかったかと思われる（予想に反して食糧は豊富だったらしい）。皆が、穏やかに神の世界に生きていたのだ。多分こうした世界が本来あるはずの世界なのである。私はこれを「原初世界」と名付けたい。いつの時代においても人間が神を想い、素直に生きていたら、原初の世界が現れるだろう。何から何までうまく運ぶのだ。現在では人間の誰も彼もが妄想しながら生きている。神（調和）の観念を、ほとんど度外視してしまっている。これではうまくゆくはずがない。人間の社会がこうなってしまった以上、間違いに気付いた人がまず神の世界に生きることから始めるより仕方ないだろう。

調和せる世界を混乱させているのは、何よりも人間の誤った想念なのだ。神を信ぜずに、己の浅はかな考えに基づいて（あるいは誤った考えに基づいて）行動したら、混乱は必至である。そうした行動に対して、さらに対抗、反撃したら、もう収拾はつかなくなろう。これが、実はこの現実世界の有様なのだ。まず、神を信じることである。つまり、この世の基底がどうしようもない調和であることを思い起こすことである。これは、人間にとってきわめて重要なことだと思う。調和は神がもたらし、混乱は人間の間違った想念がもたらしている。人間は神の子と呼ぶべき存在であるから、人間が間違えば、もうどうしようもないのである。人間は現実を動かす力を与えられている。人間は神に次いで、作り出すことができる存在である（つまり第二創造者である）。人間は神の意志を感得して生きるのでなければならない。

原初の光景を顕《あらわ》しているのは日本の縄文時代に限らない。漫画家の水木しげる氏が太平洋戦争時にいたラバウル（ニューブリテン島）で仲良しになった原住民の部族の村が、まさにそうした様相を示していた。彼らは一日に三時間ほどしか働かなかった。熱帯の自然は、それくらいの労働で人間を十分に食べさせてくれる。衣料も住居も簡単でよい。洗面などは天水を溜めて利用し、貝を村内に通用するマネーにしていた。

そして特筆すべきは彼らはいつも笑顔であった。水木氏は、そこを「天国の部落」と感じ、終戦時にも日本に帰らず住み着こうとしている。

晩年の小津安二郎は自分の映画を、ただ「後味がよいように」を念頭にして作った。次のようにも語っている。

「僕は映画は見ていて不愉快になったり、不健康だったりするものではいけないと思う。見ていて楽しく、しんみりしたり暖かい気持ちにさせられたりするところに映画の娯楽性があるのだと思う」

その結果、氏の作った映画（特に晩年における作品）は原初世界そのものが描かれることになる。たいした物語があるわけではない。娘を結婚させるにあたっての、ささやかないざこざが描かれる。それが、いずれも大変面白い。人間のあるべき世界なのである。

原初の世界そのものを描いたに違いないと思える画家がいる。日本の山河は玉堂が作ったといわれる日本画の川合玉堂、独自のパステル調の心象世界を描き続けた坂本繁二郎。熊谷守一の「猫」は三毛猫が眠っている。見ていると猫が何か言っている。「文句あっか」。僕は応えるのである「ねえなあ」。

現実に原初世界を生きたような人もいる。人間に対して厳しい見方をしたはずのエマソンもエイブラハム・リンカーンの弔辞では彼の人柄を絶賛し、「彼は悪を持ちあわせない人なのでした」と述べている。

序でに、この項の内容に相応しいエマソンの言葉を——

「魂は、その故郷にいます。そして、空間よりも広く、時間よりも古く、希望のように広く、愛のように富んでいます」（「自然の方法」斎藤光訳）

原初の風景中の人として、私と同時代の画家山下清を忘れることができない。彼は浅草の人だが、私の地元（市川市）の知的障害児施設「八幡学園」に入所していた。彼は時々施設を抜け出しては放浪の旅に出た。私としては、思い立つや出奔《しゅっぽん》するなんて、とてもうらやましい。暑い時は北の方に行き、寒い時は南の方に行った。そして土地土地で「私は頭が弱いので、誰も雇ってくれません。それで昨日から何も食べていません。なにか食べるものか、そうでなかったらお金を下さい」と言って回った。すると戦中、戦後の貧しい時代であったが、彼の純真さに感じた人が、なにかしら恵んでくれるのであった（もらえるまで回るので、もらいそびれることはないのだと本人が言っている）。〝われもなりたや清のように――もちろん物乞いになりたいというのではない、彼のように純真な人になりたいというのである。彼は旅をして絵（貼り絵）を描いた。旅の絵師の系統で、遠祖を言うと雪舟であろう。彼の絵に注目し、育て、支援したのが八幡学園の顧問医をしていた式場隆三郎氏である（氏の精神病院が我が家の北方三キロのところにある）。うちの方（市川地区）では、人を馬鹿にする時に「式場病院行きだ」と言った。式場氏は若い頃より美術に関心を持ち、柳宗悦の民芸運動にも参加された。柳氏の盟友であった壽岳文章《じゅがくぶんしょう》氏から手紙をいただいた時「市川というと、よく式場氏のところを訪ねたことを思い出します」と書き添えてあった。

昭和三十年頃だろう、ＪＲ市川駅近くに鉄筋三階建ての「つるやデパート」ができた（当時としてはかなり立派なもので、地方の町としては誇りであった）。ある時そこで「山下清展」が催され、清氏の貼り絵が展観された。見に行くと、ちょうど山下清氏が来ていて、絵ハガキを買った人に、サインをしていた。私も五、六枚買って列に並び、サインしてもらった。山下氏は慣れないところに引っ張り出されたせいか、見るからに、おどおどしていた。そのサイン入りハガキは取っておいたはずだが、引っ越しなどをした間に、見えなくなった。惜しいことをした。

宮澤賢治も、彼が理想とした「雨ニモマケズ」のデクノバウも、原初の光景中の人であろう。

原初世界を写したと思える詩がある。ロバート・ブラウニングの「春の朝《あした》」である。

時は春、
日は朝《あした》、
朝は七時、
片岡に露みちて、
揚雲雀《あげひばり》なのりいで、
蝸牛《かたつむり》枝に這ひ、

神、空にしろしめす。
すべて世は事も無し。　（上田敏訳）

わが国にも似た詩句が残っている。良寛が三条の街を托鉢していた。すると子供が寄ってきて字を書いてくれという。何にするのかと聞くと凧にするのだという。良寛は、その応えが大いに気に入ったのだろう「天上大風」と二行に書いた。この書は幸か不幸か凧にされず大切に保存された。空は大風で、地上は、まさに事も無しである。

一体世界

禅宗の書「無門関《むもんかん》」に出てくる倶胝《ぐてい》和尚は、（この世の根幹について）問う者があると一本の指を立てて見せたという。そうすると、分かる者は分かって、分からぬ者は首を傾げて引っ込んだらしい。私は、この話が好きである。倶胝は、このバラバラに見える世界の裏にある一体性を示したものと思われる。この世のものは見る限りテンデンバラバラなのだが、この世に生きているうちに、どうもそうではないように思えてくる。たとえば、人間の心は通じ合っている。他人が何を考えているか分かることがある。ずっと以前だが、テレビのスーパーマン俳優が自殺した時（スーパーマンで当たると他の仕事が来なくなってしまうのである）、その日は友人らを自宅に招いていたが、彼が二階に上がってゆくのを見て、奥さんが「彼は死ぬわよ」と言った。すると、間もなく銃声がして彼が自殺したと新聞に出ていた。人間の心というのは本来一つのものであるらしい。

さて、話は変わるが、金を引き寄せる人がいる。出版社の時の同僚の吉丸君は、かなりお金に執着する人間で、同僚に金を貸したりするので友人から吉丸商事と言われていた。アルバイトできていた女の子などは、彼が本当にショウジという名前なのだと思っていた。また、同僚に金にずさんなK君（この男には、私も金を貸したが、とうとう戻ってこなかった）がいて、吉丸氏から金を借りたが一向に返さない。すると、ある日の夕方、吉丸氏は、K君の上着を持って帰ってしまった。まだ、肌寒い時分である。K君は吉丸君を「本当にひどい奴だ」と憤慨していた。まあ、どちらがひどいかよく分からない。その吉丸君はいつも宝くじを買っていた。それで、ある時、私のところに来て「ああ、苦しい」と言う（本当に苦しそうだ）。どうしたのだと聞くと、実は宝くじで三十万円当たったので、周りに言いたくて仕方がないのだが言うと、たからられそうなので、ずっと言わないでいた。それで苦しいのだと言う。まるで、漫画である。それで私は、そんな身体に悪いことをしてはいけない。今度当たったらすぐ言え、吃驚するほどたかりはしないからと告げておいた。それから私は、他の会社に移ってしまったのだが、しばらくすると吉丸君から電話が入り、百万円当たったと言う（昭和四十八年のことだから、それなりに大金である）。今度は金を下ろして会社にもっていってみなに見せたという。前の会社の先輩からの報告だと百万円は長辺を下にして置くと立つのだそうだ。吉丸君が、そうして見せたという。先輩たちは「あいつは執念で当てたのだ」と言い合ったそうだ。それから私は、渋チンのはずの吉丸君から池袋の場末の寿司屋でご馳走になった。そうなのだ、福引きで当てる奴は度々当て、吉丸君は執念で宝くじを当てる。宝くじは偶然当たるものでなく、そこには人間の念が絡んでいる。執念があると、人でも物でも引き寄せる。物事に淡泊な勝負師なんて存在しないだろう。いい被写体を求めて歩き回る写真家はいい被写体に出くわす。それで色事師《いろごとし》も詐欺師もいいカモにぶち当たるのである。

この世の中は人同士も物同士も、人と物も繫がっている。バラバラに見えているのは、そう見えているだけであって、実は一体世界であると見るのが正しいだろう。それで必要とする物や人は用意され、人間の目的が完遂できるのだと思う。内に力が充ちてくれれば、外界に変化が見られる。内の力に相応しい環境が現れるだろう。人間同士はテンデンバラバラのようであって、実は心を共有している。誰かの魂の叫びは、他に伝わる。誰かが職を求めれば、人材を求めている誰かに伝わって、声が掛かるに違いない。本当に必要なものは与えられるようにできていると思う。

私は、決して霊感があったり、超能力の持ち主だったりというのではないが、ある時、次のような経験をした。実はこの十年ほど、骨董集めを趣味にしていて、骨董市で購入してきた古物を、茶の間の茶箪笥《ちゃだんす》上に飾っていた。そのうちの一つである瀬戸の徳利は名品ではない（雑器である）のだが、よくできた品なので私は特に大切に思っていた。茶箪笥は高さが八十センチ少しなので、下の畳上に落ちたところで壊れる心配は本当はないはずだが、実はその下の畳上にもいろいろ陶器を並べていたのである。見るたびに、これは地震で、上のものが落下すると下の物とぶつかって、必ず割れるなと思いつつ半年ほどが過ぎた。それがある時、下の物を片づけようと、にわかに思い立って実行に移したら、はっきりはしないのだが、それから四、五日後に東日本の大地震が起きた。帰宅すると、私の予想通り上の物は畳上に落下して転がってはいたが壊れはしなかった。このささやかな経験を根拠にして言うわけではないのだが、人間は素直になって生きれば、様々に感応し、危険を避けて生きることが可能と思うのである。

さて、私は殺人者は単独で存在しえないと思っている。危害が実現するには、実は、加えるものと受けるものとの合意が必要である。「危害を加えるぞ」「危害が加えられるに違いない」という両者の合意が前提になるのである。一方にその気がないと攻撃にならない。

面白い例がある。西川孟氏は土門拳の弟子の大阪在住の写真家である。日本の古美術、古建築をテーマに名作写真の数々を残している。人間自体も写真に負けないほどの傑作である。若い頃は抜刀術を習っていた。以下は生前の氏から聞いた話である。ある時、尾崎士郎の小説（書名失念）のモデルになったという香具師《やし》の親分（人を殺したことがあるという）の依頼で所蔵の刀を撮影した。何日もかけて撮影し、終わったところでギャラをいただきたいという段になると「今はやれん。帰れ」と言う。氏は、ここを逃すともらい損ねると判断したので「いただけないものなら帰らん」と言うと、香具師の親分は「殺すぞ」と凄んだ。氏は「よーし、殺せ」とその時の通りの顔つきをして見せた。これはカメラマンの目ではない。剣客の目だ。佐々木小次郎もかくやという顔付きだったのである。香具師の親分は、それから「写真家にしておくのは惜しい。関西の島を全部まかすから俺の弟子になれ」と言ったそうだ。もちろん金はとって帰った。

信長は本能寺で、襲撃者が光秀だと聞かされると「是非に及ばず」と言ったという。本能寺から逃げ延びた侍女に取材した太田牛一が『信長公記』に書いているのである。信長はその時、さもあらんと納得したのだと思う。あるいは、全く予期できないことではないとしたのである。もしかしたら、そういう筋書き中にいることを本人が覚ったのである。さらに歴史事件でいうと、私は、龍馬を斬った実行犯あるいは黒幕を詮索することにあまり興味がない。私が思うに、人生の大仕事をし終えた龍馬は、もう生きることに執着していなかった。それで、それまで、うまく難を逃れてきた龍馬が、この時ばかりは見事に暗殺されてしまったのである。そう思うのに何の資料も持ち合わせない。ただ何となしにそのように思えるのである。死ぬ覚悟をしている人間を誰が斬ろうと問題にならない。新撰組の襲撃によって多くの志士が命を落とした池田屋事件では、集合時刻を間違えた桂小五郎が難を逃れている。彼に死ぬ気がなかったのだろう。

殺人事件は、殺そうと思う人間がいて、殺されると思う人間がいて実現する。情痴事件で殺される女性の多くは、己の裏切りによって殺されるのだろう。殺人者だけに咎《とが》を押しつけるべきでない。この原理は、この世の多くの人為悲惨に当てはまる。いくら注意を喚起しても振り込め詐欺は無くならない。騙される方に騙される構えが出来ている。大枚をはたいて偽物骨董を買う人間は後を絶たない。売った方が悪いのか、売られた私が悪いのかといったところである。悪い男に騙される女性も大勢いる。賢い人間なら掛からない詐欺に掛かって一生をフイにしてしまう人間がうじゃうじゃしている。人間は、賢くあらねばならないのだ。

さて、この世の根本無明（基本的間違い）は、この世の中が調和の状態にないと考えることであろう。そこから生まれるのは、不安であり、疑心暗鬼であり、恐怖である。それらに依った行動は、本当の混乱を現出させてしまう。百鬼夜行の世界である。

そういう世界を消す方法は、調和の観念である。この世が基本的には調和していることと、人間の間違った思念が、この世に混乱を招来させていることを看取することである。基本的にいうと、この世に混乱はない。それらは人々が勝手に現した仮相である。人々が無心でいれば（邪念を去って素直な心でいれば）、混乱世界は自然に消失するに違いない。だいたい人間個々人は、それほど透徹した眼を持っていない。確たる考えも持っていない。それで、すぐ付和雷同してしまう。隣の人がやることには批判なしに同調する。世の中の大勢と知れば、もう、なにが何でもそれに乗ろうと構える。それで条件さえ整えば、独裁者はすぐにも誕生してしまう。ヒトラーの場合のように、みんなで独裁者を作ってしまうのである。また、万歳といって無謀な戦争に突入する。それが、まずい結末を迎えても、誰も責任を取らない。反省もしないで、新しい潮流に即座に転向である。ひどい人間は責任を他に転化し、自分は被害者で、一切責任はないと主張する。加害者を作り上げて血祭りにしようという輩《やから》も登場する。バブル期には多くの人間が株式投資に走った。株で儲けている友人が、お前がやっているのは足し算だ。今や世の中は掛け算の世界なのだと忠告してくれた。ここで儲けて産をなさない奴は馬鹿だと公言するリーダーもいた。しかし中には偉い人がいて、人間は労働し、その対価として金を得るもので、そういう基本を無視して金を儲けるのはおかしいと言った。国全体でバブルに浮かれる時代にこういうことを言い、実行する人は、まことにわずかであった。一般人は、本来はどうであるはずだなどということとは無縁である。みんながやるからよいだろう、乗り遅れてはならない、これが民衆の態度である。良識などというのを持ち出しては生活が成り立たない。落ちこぼれてしまう。本当の悪を為すのはさすがに躊躇するとしても、小さな悪は率先して行わないわけにはゆかない。助け合いもほどほどにせねばならない。早いが勝ちである。強いが勝ちである。泣く者がいたってよいだろう。弱者は泣くのだ。——これでは調和した世界が出現しようはずがない。本来調和しているのだが、不調和で覆い隠してしまう。我々が見ている世界というのは、実はこうした世界なのである。

また基本的なことを言うと、人間は悪を行ってはならない。こういうことが、悪であるということは実は皆が内心で知っている。もちろん善悪は、その時々の判断であって、一定したものではない。戦場でなら敵を殺さねばならないが、戦争が済んだら人を殺してはいけないのである。一つの行為は、ある場合には善だが、ある場合には悪である。人間には、そういう判断が、かなり正確にできる。それを無視し、こんなのは皆がやっていることだ、表に出なければかまわない、隠し通せる見通しが立てば、本当に悪いと判断できることだってやってしまおう、他人に迷惑を掛けても、あるいは誰かを悲惨に陥れたってかまいはしない。しかし、こういうのはまずいのだ。道徳家ぶって言っているのではない。人間は実は悪人にはなりきれないのである。悪を為せば、やがて己を罰することになる。悪を行った人間は罪の意識を負って生きることになる。自分はいつか復讐されることになるだろう、罪の償いをしなければならないだろう、内心でそう思う。人間というのは一般に考えられているよりかなり善良にできている。彼は自分の判定に従って、いつか大損したり、窮地に陥ったり、重病になったりするだろう。そして、そんな時、このような自分を神も助けないであろうと自ら決めてしまうのである。なかには罪の意識のために、率先して事故に飛び込み、人生の局面で、わざわざ助からない方の道を選んだりする。夏目漱石の『こころ』に登場する先生のように、友を裏切った人間は、十字架を負って生き、最後に死を選ばざるをえない。こういう人生は馬鹿馬鹿しいので、裏切りはしない方がよい。いつの世においても、罪の対価は死なのである。友には済まないが、自分が本当にこれを欲するというなら、その行動が裏切りにならないよう最大限の努力と工夫をせねばならない。そういうのが常に人間の正しいやり方だ。

といっても、生きている以上、まずいこともしてしまうことだってあるだろう。そういう時は、自ら悔いて、二度と同じ過ちをしないように誓おう。まあ、それでよいだろう。まだ心が晴れないというなら四国の霊場巡りをするのもよいだろう。誰かの死に責任を感じるのなら、よく弔うことだ。懺悔と悔い改めと慰霊が、罪の思いを洗い流すに違いない。

なにしろ罪の意識は正当な人生を阻害する。いざとなっても神に頼ることもできない。これは生きる状況としては最悪である。彼は破滅に至る道を歩まざるをえない。我々は実は神に導かれることによって、何とか難局を切り抜けてゆくようにできている。一時の利益のために罪を犯し、内なる神を自ら追い出して救いの道を断ってしまうというのは何とも間抜けた選択なのである。

多くの現代人が、病を自然災害（自分の意志と関係なく、突然襲いかかるもの）と思っているが、私に言わせると、病は基本的に人為である。人間は、素直に、自分に荷重をかけないようにしていれば、健康に生きられると思う。医者の中にも分かっている人がいて、全ての病はストレスであると言う人がいる。人々は無理無理自分に荷重をかけて、自分の身を傷めている。イエスは「汝の罪ゆるされたり」（マタイ伝第9章2節）と言って中風患者を癒されている（当時の人は、本人あるいは先祖の罪によって病を得ると考えていた模様）。現代でも医者に掛かって多くの病が癒される。つまり、病は実在するものではないのだ。なんらかの方法で（医術であったり、心の過重の除去であったりで）癒されてしまう。実在性があるのは、死を前にした人に現れる病だけである。死に至らない病について、思い煩《わずら》うのは馬鹿げている。それはただ現れているだけ（仮相）である。医療を受けたら、あとは心を素直にして、安心していよう。それらは、やがて消えるであろう。恨みとか嫉妬とか恐れとかいった激しい否定的な気持ちは人間の健康に最もよくない。それらは本来的に、人間に有ってはならない感情だから、持ち続ければ、身を傷つけ、やがては身を滅ぼすに決まっているのである。

自分は、この四次元で構成された世界（この世）に、ある時突然放り込まれた（産み落とされた）というようには考えていない。自分が四次元世界を現していると考えた方が適切かと思う。しかして、力を持っているのはこの世界でなく、自分の想念であろう。私がこうありたい、こうあって欲しいと考えたことはいずれの時にか現実となる。すぐに現実となるということでもないし、希望通りの形で実現するということでもない。ただ、私の想いと現実世界は何らかの（あるいは強力な）関連を有する。私は三十代のはじめ頃、旅先の山中の温泉宿で近畿日本ツーリストの記者に会った。彼は、一人気ままに温泉場巡りをしているのであった。そして記事を書いては社に送り機関紙に載せている。それが仕事である。ひと月のあらかたを、旅に明け暮れている。実にうらやましい。私は、これこそ私が理想とする職業であると思った（もちろん、すぐにも転職したいと思ったわけではない）。それから三十年も経って、私は会社を辞していたが、ある雑誌社から紀行文の連載依頼がきた。その仕事は、その雑誌が廃刊になるまでの四年間続いた。私は、三十年前に願った仕事にありついたわけである。ふと思ったことが後年実現したりする。また、私は高校の時にある映画を観て感激し、将来は映画監督になりたいと思った。しかしこの願いは、やがて私にフィクション的性向が全く欠けていることが分かり、諦めざるを得なかった。しかし編集を職業にするようになってビジュアルなシリーズ書籍を作る段になると、若い時に熱心に観た映画の手法が大いに役だった。私は映画鑑賞をしつつ、知らず知らずのうちに将来やるはずの仕事の勉強をしていたのである。また、私が憧れたのは、実は映画というフィクションを作ることでなく、「映像」であることにも気付かされた。映画から学んだ画面構成は後年に至って風景写真を撮るようになると、即活用できるものであった。これらは、いずれも、いくらかずれながらも、わが願望の実現に連動した事柄である。また、学生時代に夏目漱石の『三四郎』を読み、私のそばにも美禰子のような女性が現れないものかと思った。そして会社に入るとすぐに、ある女性を好きになったが、相手を美禰子に擬《ぎ》しては恋愛がうまくゆくはずがなく、すぐに破談になった。願望は、現実となるのである。つまり、現実に想念が先行する。もっと直接的にいうと、この世は想念によって組み立てられる。実質的には「想いの世界」なのだと思う。

その他にも、こういうものが欲しいと思っていると、はたして、そういうものが現れたという経験が幾つかある。これは私の希望が外界を動かしたのか、あるいは私が予感したのか判然としない。私は実は高齢になってから運転免許を取り、初心者に相応しい車を買って乗っていた。しかし運転が熟達してくるにつれ、走りの具合も内装も気にくわなくなった。もう少し高価でもよいから、もっとレベルの高い車に乗り替えたいと思った。ただし、買い換えるに当たっていくつか条件がある。わが家の駐車スペースが狭いので大きい車ではいけない。また冬季に雪国に出掛けて雪景色を撮りたいので四輪駆動車がよい。普段は自宅周辺をドライブしているのだから、普通のセダンタイプがよい。そう思っているうちにT社から「小さな高級車」と銘打つ車が発売され、内装など私のイメージにぴったりである。さらに二年経つと、その車がマイナーチェンジされ四輪駆動仕様が追加された。この車の不服は私の希望より少し大きいことであるが、そこのところは我慢しようというわけで喜んで買い換えた。また、横山大観の絵巻「生々流転」が気に入って、複製版がないものかと思っていると、小学館より『現代日本絵巻全集』が刊行され、二回目の配本が「生々流転」であった。この二例は、希望通りの企業物を手にできた経験である。

また、学校を出て出版社に入ったのだが、やたらに忙しくなり、自分としての勉強ができない。また、その会社にいたとしても、うまくいったところで最後に役員になるくらいが落ちである。会社員として成功するのは私の希望するところではない。そういう人生は嫌だ。そこで将来に備えて、じっくり勉強ができる環境に変わりたい。どこか研究所みたいなところはないだろうかと思っていると、仲間が住宅会社の研究所で編集者を求めているという話を持ってきた。私の希望とぴったりというわけではなかったが、「研究所」という名に惹かれて転職した。実はそこには、ちょっと腰掛け的にいるつもりだったのだが、なんと三十年近くいてしまった。この場で自分に適した仕事をすることができたのである。やがて停年近くなると、会社を辞めても、どこか都内に事務所を構えたいと思った。もう、高井戸（そこが勤め先であった）のような自宅から遠いところは嫌だ。それで思い浮かぶのは学校を出た当初に勤めた出版社があった茗荷谷である。会社のビルは地下鉄茗荷谷駅のすぐそばで、通勤にも、仕事で外出するにもまことに便利であった。それで、事務所を構えるのは茗荷谷付近で、地下鉄の駅に近いところがよいと、なんとなく考えていたところ、退社が決まるや、知人が白山駅そばの事務所を世話してくれた。これも、時期といい場所といい、なんて間がいいのでしょうという展開であった。こういうことは、私の人生にたくさん起きたような気がする。

個人の役割

第一章のはじめに論じたように、私は、人間各個人というのは種子みたいなものだと思っている。あらかじめ（生まれながらに）諸要素がインプットされている。我々はこの世に現れて、あらかじめインプットされている諸要素を開花させるのである。椿は椿の種子からしか生まれないし、朝顔は朝顔の種子からしか生まれない。向かうべき方向は生まれた時点で決められている。私の人生において、何らかの意味で現実化したことは、この理論が当てはまる。うまくいったことは、あらかじめの性向に沿った願望の結果であるし、あらかじめの性向に沿わない願望の結末は、大方が失敗だったようだ。この世は、持って生まれたもの（種子）の実現（開花）過程に違いない。先に、この世は舞台であると書いたが、この世では何を演じてもよいわけでなく、あらかじめ決められた個人の役割を演じることになる。

やるべきことがあってこの世に現れる個人の実質というのは、前述の通り神である（人間の実質が神であるとするのは、かなり普遍性のある考えであろう）。神は表現をしたいのだ。しかし神自身がおこなう創造は自然環境を用意するまでにとどめ、あとは人間を造って人間を通してすることにした（旧約聖書の創世記神話を読んで、私はそのように理解する）。人間は神の心を体して創造をおこなう。しかも一人の人間が何から何までを行うわけではない。各個性（これは私がいう種子に当たる）による分業とした。私の担当はこれで、君の担当はこれだ。それで全体として大交響楽となる。嬉しい世界だ。それにしても個性というのはたいしたものだ。あらゆる分野で当たり役というのがある。役者でいうと、丹下左膳は大河内伝次郎がいい、眠狂四郎は市川雷蔵がいい、相手女優は藤村志保がいい。明智探偵は天知茂だ。当たり役もあまり当たってしまうと悲劇だ。渥美清は晩年、寅さん以外やれなくなってしまった（そのように本人が語っていた）。スーパーマンスターと同じだ。彼がスクリーンに現れれば、みんな寅さんと見てしまう。また、祖母がよくテレビで歌舞伎を観ていたので私も観たのだが、昭和四十年頃の歌舞伎界で弁慶を演じると、松録も幸四郎も団十郎もよかった。それぞれによかった。バイオリンを弾くとみんな違う音を出すという。小さい子が弟子入りすると、この子は将来どんな音を出すのだろうと楽しみだとテレビでバイオリンの先生が語っていた。駅裏の焼鳥屋の親爺さんが、息子が焼くと味が違うと言った。同じ肉を同じタレ、同じ塩で焼いて味が違うのである。俺のが美味くて彼のが不味いというのではない。みんな違って、多分みんな美味いのだ。個性というのはたいしたものだ。役者を揃えて神が見物しているのだろう。そういうのがこの世なのだから、互いに喧嘩したり、邪魔し合ったり、嫉妬したりしているのは間違いだろう。殺し合うなんてのはとんでもない。回りを気にせずどんどん我が道を行けばよい。客観的に見て、自分はてんで駄目だとはっきりすれば、さっさと退散して方向転換だ。ただ自分一人で落ち込まない方がよい。駄目であっても結構よいかもしれないのである。あいつは不器用で下手だが、それなりの良さがあるというのだってありだ。そういうのも大いに貴重なのだ。私はある時、上野の鈴本演芸場で真打ちになったばかりの若手落語家の噺を聴いてあんまりにうまいので吃驚した。ただし、吃驚しただけである。実は落語なんてのは、あまり上手に喋ってもらっても面白くない。古典落語の内容というのは周知のものなので、話者の人間としての味がなによりも大切になる。そして人間の味なんてものは若い時に現れるものではない。男なら三十五くらいにならなくては無理だろう。焦っても駄目だ。修行しつつ待つより仕方がない。さらに下手でどうしようもない奴が、あるとき化けることもある。大化けしてくれれば本当に楽しい。大化けは芸人の世界にも相撲取りの世界にもある。多分、あらゆる世界にあるのだ。

「化ける」に似た例を思いだした。カルメラ（軽石状の砂糖菓子）を作ったことがあるだろうか。小鍋でザラメを熱して、よくかき混ぜ、ちょうどよい時に重曹を加えるのである。早すぎて加えると飴玉が出来てしまう。時期を見誤らず加えると、ザラメがぷーっと脹らんでカルメラができるのである。カルメラは、ある時突然出来るといったらよい。ザラメがカルメラに「化けた」のである。
（ここいら辺は書いていて自分が元気になる。実は近頃人生がうまくゆかず落ち込んでいたところだ――本当のはなし。）

人間は、あらかじめ存在するこの世界に放り込まれて、行き当たりばったり、出たとこ勝負で生きているわけではない。この世に現れた人間は、眼前の物事、状態、状況を判断し、あるいは察知し、意思と好みに応じて動く。人間は己の資質を踏まえて判断し、あるいは予測することによって進路、方向を決定する。希望したものには近づき、好ましくないものから遠ざかる。人生は不断の選択である。己を不運なものと信じる者は、不運に出会い、自分を罰したい者は暴漢や災害や病に遭う。剣客は剣客と出会い、失職者は雇い主に会う。人間は水分子のように、でたらめなブラウン運動をしているわけではない。私が、朝起きて、良い天気だ、これは絶好の行楽日和だと感じる時は、皆が、そう思うようで行楽地に向かう道路は大混雑である。同好の士は同地点に集まる。己の意思が、行動を決定し、人生を作っている。その人のプロフィールは、その人の形である。私の経歴は私の意思と全く関係がありませんというわけにはゆかない。形の背後に意思がある。私は夜分、飲みに行く店が幾軒かある。同じ飲み屋の客は、わずかながら共通点がある。店の作り、料理に対する好みが一致し、主《あるじ》との相性がよい、経済状態をほぼ同じくし、みな地の利がよい（同地に住んでいるか、通勤地であるか、帰宅コース途上にある）。人は偶然入店しても、好みに合わない店には二度と行かない。人間は常に選択して生きている。こいつの身なりは理解できない、顔つきが気にいらないと感じれば友達にはならない。少し話して趣味が合いそうなら、付き合いたいと思う。仕事上付き合っているが、どうも親しめないという人間もいる。悪い人間でないのは分かるが、打ち解けようがない人間もいる。「仲間」というのは人間としての近似者である。長く付き合っているグループがあるが、みんなある点で似ている。生きる上で、同種のことに興味を持つ人たちである。学校も会社も、言ってみれば同好グループであって、いくらかそういった意味合いを持っている。地味な大学、派手な大学がある。出版社に入ると、石を投げれば早稲田に当たるというほど早稲田出が多かった。また、出版社員は、皆どこか似たところがあって、誰とでも親しくなるというわけではないが、どこか通じ合うところがあった。皆、どこかで同じ気分を持っていたのである。人は進路を自分で選んでいる（当たり前か）。

それら選択の基盤は、各人が持って生まれたものだといえるだろう。
三島由紀夫は、音楽を聴いているような無意味な時間に耐えることができないとどこかに書いていた。私も、それほど極端でないが、いくらかその傾向がある。音に対する興味が欠落している。匂いへの興味もあまりない。人間というのはそうしたものだ。ある方面に大いに興味を持ち、あるいは少し興味を持ち、あるいは全く持たない。それでよいのだと思う。私は、自分なりに分類するに、造形家タイプであり、造形を職種とする人——たとえば画家、彫刻家、工芸家、デザイナー、写真家など——とはすぐに打ち解け合える。人間は、いろいろなタイプに分類可能だろう。人は、それぞれの興味の方向で活躍し、その結果、全体として見れば華やかな世界を構築する。百花繚乱である。突出した才能の持ち主が最先端を行って、その界を引っ張り、他者がそれに追随し、あるいはそれを享受する方に回る。

人間は自分を表現すべくこの世にやってくる。芸術家体質の人は、目的がはっきりしていて、早くからそれを自覚し、目的に向かって突き進む。試行錯誤の末、これだと分かってから突進する人もいる。多くの人は、目的意識が希薄で、まあ、それなりに生きてゆく。ある時、人から褒められたり、ある時、他人よりうまくできるのを発見してその道に進む人も多いと思う。将来これをやるのがよさそうだというので、多くの人が職業を選んでいる。どちらにしても、持って生まれた素質に従って人生をやるのだと思う。のんべんだらりんとサラリーマンをやることは、それで不満を感じない人はよいが、物足りなさを感じる人には薦められない。趣味でも仕事でも情熱が感じられることに取り組むべきだ。そういうのが人生であると思う。芸術家（画家でも小説家でも）には、まるで人生を駆け抜けるように生きる人がいる。つまり大急ぎで仕事をして早世する人である。青木繁も佐伯祐三も国木田独歩も梶井基次郎も中島敦もそういう人である。彼らの作品に接して、彼らは自分の早世を内心で知っていたのだろうと私は感じる。特に佐伯祐三の早描きの油絵を見ると、その焦りを実感する。一作でも多く描いておきたかったのだ。私は、人間はなんとなく自分の寿命を知っているのだと思う。人間はこの世の持ち時間が決められている（らしい）。私の祖父（母の父）は、いささか霊感があった人だったらしく子供が十二人いたが、子が生まれると「寿《じゅ》長し」あるいは「寿短し」と書いて仏壇中に収めたという。それがことごとく当たり、中途で祖母が、止めてくれといって辞めさせたという。まあ、明治期には、子供が幼児期に死ぬ率が多かったのだろう。身近にそういう例があるためもあって、私は人間の寿命というのを信じている。もちろん私に特定の人の寿命が分かるはずがない。実はこういうのは分からなくてよいのである。ただ、自分に関して言うと、多分長生きするのだろうと勝手に思って、それに従って自分の人生をやっている。それで私としては長生きしないと自分の仕事を完成できないのである。実は人間は長生きすればよいといったものではない。早死にすれば密度の濃い人生をやり、長生きすれば、いささか間が抜けた人生をやるのだろう。ただし、身内や近隣に、まだ若いのに死ぬ人がいると気分が重い。早世は「道半ば」の印象が強い。長生きして死ねば、それなりに納得がゆく。やはり、わが内に長寿が望ましいという思いがあるようだ。

人間は永生（死なないこと）を願っている。しかし、この世における我々の生命は限られている。この世において、いかなる仕事を為した人も、栄華を誇った人も、ある時間経過後に、全てを捨てて、この世を去らねばならない。もちろん事業半ばで、この世を去らねばならない人もいる。死は、愛する人と決別し、愛する山河と決別し、愛する仕事と決別することである。そして死の先に何があるか、我々に明かされることはない。いずれにしても、ずっとこの世にいたい願いは叶えられない。この世は、我々にとって、やって来て、やがて去るところである。

どうも、この世は祝福された世界とは言いがたい。信用がならない。生まれてきたので仕方がないのだが、何としても、この世は不完全であるとしか結論できないのである。そこで私は長年の苦闘と、思索の結果、聖徳太子に倣《なら》って、この世を「虚仮（偽り）」としたい。この世は、どこかにある、そして私が切望する真実の世界の写しものではないかと考える。どこにも真実の世界がないというのも耐えられないことである。

人間はすぐなくなってしまうものに喜びを感じないと思う。それらを慕ったりもしない。

人間が永生を望み、永遠を思うのは、それらが人間の本性に属するからではないだろうか。この世は、人間の本性に反している。人がやがて死ぬのだというなら、もしかしたら、死んでいる方が人間の本性に近く、生きている方が嘘に近いのではないのか。この世はただ現れているのにすぎないのではないか。この世は一種の幻影ではないか。

江戸時代の初めに盤珪《ばんけい》という臨済宗の僧がいて「不生禅《ふしょうぜん》」を唱えた。多分、悟りを得ようとして煩悶苦闘する者が多いのを見て、愛深き盤珪は人間は初めから悟っていると教えたのである。つまり、親の生んだものは仏心一つである。他のものは一つも生んでいない。その仏心は不生にして霊明きわまりない。不生のものは当然不滅のものである。不生の仏心でいる限り人はすべて生きた仏であり、生き如来である。迷いは不断仏心のままでいないところに起こるのであり、その迷いを起こすことによって凡夫になるのであり、初めからの凡夫はいない。まことに明快で立派な説である。

先に述べたごとく、人間は本来、生まれることもなければ、死ぬこともない。我々は、この世に現れると、この世の仕組みに慣れるよう長時間かけて訓練させられる。移動せねばならないので、這いまわり、立ち上がり、歩行する。走る。そうした訓練は意識する前（幼児期）にやるので、困難感はないが、大変な努力と格闘である。泣き、声を上げる。そして言葉を覚え、徐々に話すに至る。やがて文字を習得する。周囲に合わせて、万事やり方を覚え、危険と安全を教えられる。いままでに人間が習得し、発見したこと（学問と技能）を学ぶ。こういうことをするうちに、つまり無理無理この世に馴染まされる過程で、人間は、この世が存在する唯一の世界だと思い込まされてしまう。私に言わせると、人間は徐々に錯覚させられる。やがて、死ぬことが、まことに恐ろしいことに思えてくる。なんだか、人間は年がゆくに従って死刑囚に近くなる。死を恐れるのは、生物にとって本能的なことであろう。あらゆる動物が死を避け、生を選ぶことで生き延びている。だから死を避けるのは正しい選択である。しかし、人間は死を恐れすぎている。死を恐れすぎても、あまり役には立たないであろう。人間は死ぬことを考えないで、ただ生きればよい。そして死ぬ時が来たら黙って死ねばよいのだろう。その頃（死ぬ頃）には、人はそれぞれが為すべきことを為していると思う。もう、よかろう――といったものである。

この世に生きるというのは、実質を霊妙なる本地に置いて、この世に現れているということだろう。我々の実質は生まれることも死ぬこともないと思う。

私はショーペンハウエルが「人間も事物も、夢まぼろしにすぎぬようにまだ一度も思えなかった人は、哲学的才能がないのである」と書いているのを知って意を強くしている。実は、私はずっと以前から、この世界（空間と時間で成り立つ世界）が、一つの映像（たとえばテレビ画面）のように思えていた。そう考える私の性向が、この本の主題となっている「幻影（夢幻）世界」論の下地だろう。つまり、こうである、人間が誕生すると、「この世テレビ」のスイッチが入って、この世が映し出される。死に臨んでスイッチが切られると、この世が消えてしまう。遺された人からすると、死によってその人が消えてしまう（肉体は残されても、それもやがて消えてしまう）。人間が死んでも、その実質がなくなってしまうわけでなく、本人からすれば、この世という映像が消え、遺された人びとから見ると一つの肉体が消えるのである。人は、この世で己れを表現するために現れる。表現しないと、自分自身を理解することもできない。人は自分を、自分が生きた軌跡と、為した事績を見ることによって理解する——自分とは、こういう人間だったのだな、と。この世は、また喩えれば、画家における筆であり、絵の具であり、キャンバスである。画家（絵を描く魂）は、この世においてカンバスに描くことによって、はじめて己が、どれだけの実力を持ついかなる種類の画家であるかを知ることができるのである。あるいは、この世は野球選手における球具であり、球場であり、チームメイトであり、対戦チームであり、観衆である。ボクサーなら、グローブであり、リングであり、殴り合う相手選手である。そういうのが揃わないと、彼は己の強さを示すことができない。上達のほども確認できない。喜びも実感できなし、称賛を受けることもできない。この世は、あらゆる人にとって必要とされる装置であり、場である。人間の生死は、「この世スイッチ」のオンとオフによる。後先《あとさき》のようであるが、心臓が動く、止まるの現象は、スイッチ操作に続く現れに過ぎない。

人の生き死には我々にはかりしれないところである。元気でいた人が急に死んでしまったり、医者が駄目だと言っても生きる人は生きる。憔悴《しょうすい》しきっていた老人が、やがて歩き回っていたりする。生死は人間に関われないところである。ただ、私には偶然に死んだり生きたりしているとはとても考えられないのである。

以上の論の前提は、人間の本地はこの世にないということにある。映像としてのこの世は、我々の熱望するところであり救いであるので大切に扱い、また珍重せねばならないが、残念ながら第一義的な存在でなく、従って決して執着すべき類のものではない。

私は、ここで人生をスイッチのオンオフで出現、消去する映像に喩えている（いわば、本人参加の映像である）。スイッチのオンによって、我々は時間空間の世界に飛び込む。スイッチをオフにすれば、時間、空間は消滅してしまう。スイッチをオンにするということは我々に肉体が与えられることである。肉体はいわばこの時間空間世界における（個人の）標示であり、潜水夫の潜水服であり、宇宙飛行士の宇宙服である。決して実体があるわけではない。その証拠に、肉体は永続しない。また、人がこの世に現れるについては、それぞれ持ち時間がある。長くて百年間である。人間は、その間に自分の仕事をせねばならない。強い性欲は、今は隠れたところに控えていてこの世に出てきたい魂が、肉体を作ってくれるようせがむためと考えられる。

Ⅲ　天工と人工

一つの神と様々な宗教

宇宙は人間にとって好都合に出来すぎていると言った物理学者がいた。創造者がそのように設計したのか。そんなはずはない――とも言った。そしてマルチバース（多数の宇宙があるという説）を認めるなら、うまく説明がつく、と展開させる。この宇宙は恐ろしい数ある宇宙の一つなのだから、恐ろしい数作られた宇宙の中には、偶《たま》に人間に都合よくできた宇宙だってありうるだろう、と。一見なるほどと思えてもこの考えはおかしい。いくら沢山宇宙を作ろうと、人や生物に、これほど都合のよい場などできようはずがない、と私は考える。あなたは、そう考えないだろうか。

この宇宙は、というより地球は、生命、生物、人間を最終目的としてつくられている——こう考えるのが順当ではないだろうか。人間を最終目的としてこの地球は設計されたのだ。自然を作ってみたら、その結果として人間に行き着いてしまったわけではないだろう。偶然に偶然をいくら重ねようと、人間みたいなものが生まれるはずがない。私は、そう考えるのだがどうだろうか。

上に関連する最新の宇宙論について佐藤勝彦東大名誉教授著『インフレーション宇宙論』（講談社ブルーバックス）を参考に補足しよう。

「宇宙」を英語でユニバース（universe）という。そして近年、さまざまな研究の成果から、マルチバース（multiverse）という言葉が定着しつつある。宇宙は一つ（uni）でなく、多数（multi）であるというのである（各宇宙間では因果関係が切れているので、いくら互いに観測をしようとしてもできない）。

続いて佐藤教授の説明——

人間原理（Anthropic Principle）という考え方がある。われわれが住む宇宙は、人類を含めた生命が出現するために絶妙にデザインされている。ある学者は、われわれの住む宇宙ができる確率は、一〇の一〇乗の一二三乗分の一だという数値を示し、この宇宙がそうなっていることについては、人間原理でしか説明できないとする。要は、宇宙は人間を生むように作られているというのである。

佐藤教授の上記書籍に次の記述があって、面白いと思ったので序に引用させていただく。

アインシュタインは自身の理論を完成させたあと、宇宙について多くの名言を残していますが、そのひとつにこのようなものがあります。「私は、神がどのような原理にもとづいて、この世界を創造したのかが知りたい。そのほかのことは小さなことだ。私がもっとも興味を持っていることは、神が宇宙を創造したとき、選択の余地があったかどうかだ」。

アインシュタインはキリスト教圏の人だから当たり前かもしれないが、ここで神を持ち出しているのが面白い。というのは日本の学者なら、同内容を書くとしても、わざわざ神という言葉を使うのを避けるだろう。

私の考えによると意図なき素材をいくら並べても統一は生まれない。音という素材を無限に集めても交響楽にはならない。交響楽は音楽の天才が一つのアイデアをもって音を並べることによって生まれる。自然素材をいくら並べても生物は生まれないし、人間も生まれない。まず、人間の理念があり、それに沿って自然が作られ、自然要素を組み合わせ、生命を吹き込むことによって人間は生まれる。人間を生む上での基本となるのは「人間という理念」なのである。交響楽が偶然に生まれないように、人間も偶然には生まれない。それで、いま流行のマルチバースは人間誕生の解にはなりえないと思うのである。

さて、改めて断る必要もないが、本論考は神の存在を前提にしての考察である（実は私は神の観念の復活を目論んでいる）。

無神論を標榜する人がいる。ふだん神を意識していないというのでなく、神の存在を否定する人である。これは人類が、近年に至ってもった特殊人類だろう（人類は、ずっと神を信じてきた。歴史も含めて見ると、無神論者は人類全体の一パーセントに満たないであろう）。人間は誰に教えられることなく神という存在を知っている。「神？一体君がなにを言っているのか分からない」と問い返す人に私は会ったことがない。

私に言わせると、人間は神という概念を内包している（心情に神を持っている）のだ。だから、それを敢えて否定する人はいても、「神」という存在を理解できない人はいない。それで、神を否定する人は無政府主義者以上の変則者である。ある人が問うた。「神を信じているの？」。私「はい」。ある人「神はどこにいるの？」。私「遍在しています」。この人は笑ったが、けっして冗談ではない。神を信じるということは「神の存在する世界に棲む」ということなのである。私は、人間は神の世界に生きるのが当然と思っている。

もちろん、物質でできているこの世のどこを探しても神はいない。神はこの世（私が述べている「舞台」上）にいない。神はこの世に属していないのである。この世は影の世界である。それで我々の五感に感じられるのは、せいぜい神の似姿《にすがた》に過ぎない。美しく荘厳な自然や、我々を生かしている環境や、うまくいっている生物界の有様などである。そういうものから我々は神を類推することができる。ただし、それは類推であるにすぎない（五感で直接把握することはできないのだ）。そして、まずいことには我々は、うまくいっていない状況――人間の悪行やデタラメの所業や、それらがもたらす悲惨な状況――まで見てしまうことである。そして、それらを実在するものと決めてしまう。しかし、それらは神がもたらすものではない。それらは単に人間のミステイクでしかすぎないのである。本来あるべきでない現れなのだ。

人類は沢山の神を持っている。いや、この言い方は正しくない。人類は沢山の宗教を持っているのである。しかし神は一つだ。地球上にはいろいろな人種がいるが、みな同じ身体構造や精神構造をしている。人種同士、理解し合える。尊敬し合える。愛し合える。交配が可能だ。同じ医療を施せる。つまり人種、民族を異にしても人体が同じであるように、人間の精神にも違いはないはずである。しかして、当然のことながら精神の核と言うべき神は一つなのである。違っているのは外観である。つまり神は一つだが、「宗教」が異なるのだ。宗教の成立には、風土や歴史や時代や教祖の人柄がかかわっている。それで、一つの神は様々な衣装を纏《まと》うのである。

釈迦が始めた原始仏教（小乗仏教）は解脱（悟り）の宗教で、特に「神」を想定しなかった。釈迦はバラモンの海（古代インドの民族宗教）を脱し、独自の教義を説き始めた。それが核となって、やがて（釈迦の死後に）如来や菩薩という「神」を持つ大乗仏教に成長した。大乗仏教非仏教説というのがある。しかし、私が知り、親しんでいる仏教は大乗仏教である（小乗仏教つまり原始仏教、上座部仏教とは全く無縁である）。大乗仏教というのは、まるで金平糖のようにしてできたのである。釈迦という核（金平糖の場合は芥子《けし》の種）に東洋（インド、中央アジア、中国、日本）の叡智（砂糖蜜）が二重三重に取り付いて、一つの体系を成した。私が知っている仏教（原始仏教から発展した大乗仏教）は立派な「神」の体系である。同じくバラモンの海から育ったヒンドゥー教はインドだけに通用する民族宗教にとどまったが、民族固有の習俗、信仰、制度、儀礼等を断ち切った仏教は世界宗教に拡大した。私が理解している仏教というのは、すなわち「東洋の宗教」である。釈迦は単にその機縁を作った人にすぎない。

イスラム教のことはよく知らないが、キリスト教とその基盤（旧約聖書）を一にしている。カーライルは「イスラム教は一種の混乱したキリスト教である」と言っている。私は宗教を専門にするものでないので、宗教を論ずるのは止めるが、いずれにしても、沢山の宗教がある。それぞれに異なる姿をしている。しかし、それは「人間の文化としての宗教」の姿だ。中心存在である神に違いはないはずだ。私は一つの神が統べる宇宙を信奉する。

自分の本体が宇宙の実質と等しいものだという観念は、実はおそろしく古くからある。古代インドの哲学書「ウパニシャッド」は「宇宙の本体である〈ブラフマン〉は、人間存在の本質である〈アートマン〉に等しい」と言う。これはウパニシャッドの中心思想で、〈梵我《ぼんが》一如〉の思想として知られている。私は、以前から知っているこの思想を、この歳になって実感するに至っている。この認識を語るインドの思想（バラモン教）は偉大である。東洋の基本思想というべき仏教も、この流れの中から生まれた。

東洋人は、神は一つであることを内心で知っているので基本的に宗教争いをしない。各宗教は、神を包む衣装にすぎない。

「賢者は唯一なるものをさまざまの名で呼ぶ」

——近代インドの聖者ラーマクリシュナが座右の銘としたリグヴェーダ（バラモン教の根本聖典）の教えである。

実は、この世界には沢山の宗教があった方がよい。そうすれば各人は各人の好みに従って、あるいは時々の必要に応じて選択し、役立て、享受することが出来る。食堂に沢山のメニューが揃えてあるようなものである。実は仏陀もイエスも一宗を起こして教祖になろうなどとは考えなかったはずである。彼らは行者であり、探求者であり、博愛の人であり、「己れの感得したもの」を伝える人であった。人生の先達である。私も一宗に依る考えを持たない。仮に、礼拝対象を大日如来とし（我が家の宗旨が真言宗なので、大日如来を借りたのである）、「南無光明遍照」と唱える。南無は帰命することであり、光明遍照は大日如来であり、また同時に阿弥陀如来である。そして、ある時は観世音菩薩であり、イエス・キリストであり、エマソンが言ったオーバー・ソール（超越霊）であり、天であり、造物者であり、宇宙霊である。私は名にかかわらず、それらと繋がった存在であることを常に意識していたい。密教には素晴らしい言葉が揃っている。入我《にゅうが》我入《がにゅう》——大日如来と一つになる。即身成仏《そくしんじょうぶつ》——この身このまま仏である。そして全宇宙が仏陀の姿であるという華厳の思想「一即一切《いちそくいっさい》、一切即《いっさいそく》一《いっ》」。同じく華厳教学の縁起思想「相即相入《そうそくそうにゅう》」（仏も衆生も其《そ》の体は一つ。対立するように見える二つの事象・事物は実は一体不離である）。

私は、この世の基本的調和を信じたい。私はそういう志向を持って生まれた人間である。実は、理屈でなく調和を実感する方法（行）がある。坐禅（静坐）である。私は若い頃にこの行を学び、いまでも親しんでいる。簡素な部屋で一人静かに座り、息を数え無心でいると晴れ晴れとして来、楽しくなってくる。この心の状態は、世界の実体が調和であるとの実感から来るのだと思う。人間は無心になると、この世の調和を実感する。これこそ、私の思想、認識の核である。もし世の中の本質が混乱なら、私心を去れば、私は混乱を実感するはずなのである。ところが人間判断を跳脱《ちょうだつ》すると、ただただ調和世界を感じるばかりである。

人間は神に次いで力を持つ者なので、邪念を行使すれば、混乱と悲惨を招来する。これは個人レベルでも、村落レベルでも、民族レベルでも、国家レベルでも同じである。いまは人類総混乱時代である。あらゆるレベルにおいて神の観念は薄れている。神の観念を持たない特殊人種が「現代人」である。これは、私に言わせると極悪の人種である。各人の心に神が来るまで、現代の混乱は続くのだろう。現代においては信仰者の奉じる神も衰弱しきっている。少しも光り輝いていないし、力に漲《みなぎ》ってもいない。現代の神は弱々しく、瀕死の状態である。神の方も迎えてくれる者がないので、その神性を覆い隠してしまっているのである。限定され覆い隠された弱々しい神など、神とはいえない。本来の神は（ミケランジェロが描く最後の審判のキリストのように）力強く、（大陸から将来された最初の仏像のごとく）まばゆいばかりに輝き、そして（阿弥陀仏の光背《こうはい》のように）世界の隅々にまで浸透しているはずなのである。いまや、真の神の復活が望まれる。

不安な現代人は保険に入り、周りをキョロキョロし、蓄財し、相続争いをし、息子たちの適性を無視して有名大学に入れようと奮闘する。他より少しでも有利であろうと競い、争う。いったい、安全や保証を求めすぎるのは間違いではないか。用意はするとして、困ったら困ったなりに対処すればよいのだろう。実は困難時こそ神の出番なのである。金を蓄えすぎるのも、過剰に防御するのも自然なことではないのではないか。ある域以上は神に委《まか》せたらよいのだろう。いくら安全にしようたって、この世に本当の安全なんかあろうはずがない。無いものを求めるのは愚かなことだ。内に神を持つことこそが、一番安全なのである。このことに気が付かねばならない。金銀財宝も堅固な要塞も少しも安全でありはしない。そういうのを安全だと思ったら、夢を見ているようなものだ。株券もゴルフ会員権もバブルがはじけたら紙切れ同然となり、どんな堅固な城も最後には落とされ、不沈艦も撃沈されてしまう。この世に安全はない。安全は神の国にあるのである。

神は全面的に諾《うべな》わないと効果がない。神を信じるというのは、神が統べる世界に住むということなのである。真言密教では「同行二人《どうぎょうににん》」という。常に大師と二人連れという意味である。真宗者なら、阿弥陀如来に一致して生きるために念仏する——南無阿弥陀仏、南無阿弥陀仏。コーランには「神は自分の頸動脈よりも人間に近い」と書かれているという。暖かい光が降り注ぐ日はよいとして、風雨の時は、神のいない世界を行く人と、神の統《す》べる世界を行く人とでは、大違いであろう。前者における無頼と焦燥の道行き。反対に後者なら恐れないだろう、恨まないであろう、打ちのめされないであろう、破壊的にならないであろう。彼は目前の現実に頓着せず、春の日向をゆく心地であろう。彼は善意の世界を安心して行くので、もっとも逞《たくま》しい者である。

調和の観念

人類は、その誕生からして、まことに祝福されている。人間の環境は恐ろしい時間をかけて徐々に整えられた。宇宙が誕生し、地球の核ができ、大地ができ、水が溜まり、空気層ができ、その組成が安定し、適温になって、原始生命が生まれ、それが進化して植物が茂り、動物が栄え、それら基盤が全て整ったところで、いよいよ人間の登場となった。つまり我々は地球環境を全て「よし」として生まれたのである。宇宙誕生から人間誕生まで百数十億年かかっているという。全ての環境が、人間の存在を歓迎し、祝福しているがごとくである。私は、宇宙は人間を生かしたいのだと思う。というより、何が何でも生かそうとしている。そして、その人にしかできない何ごとかをさせようとしているのである。

宇宙は我々の父であり母であるが、もちろん神そのものではない。我々と同じく「被造物」である。神は時間と空間と物質によって宇宙を現した。宇宙は神の似姿であり、神の被服であり、われわれ人間をはじめとする生きものの基盤である。

我々は宇宙を想い、広大な自然を謙虚に視ることによって創造者の意思を感得するに至る。人間界の混乱にうんざりした時は自然の中に分け入り、その中に全身を投じたい。海は、森は、無限なる星空は、我々の本来の位置とあり方を示すであろう。

現代社会には、この世の基本的な調和を信じない人が多くいる。私にしてみると、この世の調和を確信せずに、よく生きられるものだと思う。この世（表面的にはいくらか混乱している）の奥の調和を信じないと、人生はめちゃくちゃになってしまう。皆が調和の精神を捨てれば、この世は自棄者、利己主義者、悪徳者、拝金主義者、脱税者、汚職者、破壊者だらけとなろう。現代社会は残念ながら、いくらかそうした傾向を示している。みな基本的なところで間違えているのだ。この世の実質は、全き調和である。これを根本理解とするべきだ。人間社会は、いくらかの混乱を現していようが、それは本質的なものではない。混乱が実質であって、それに沿って対処しようなどということになったら、混乱が更なる混乱を招き、もうどうしようも収拾できなくなってしまうだろう。混乱の拡大は阻止せねばならない。どこかでお終いにしておけば、やがて混乱は収まり、本来の調和が現れざるをえないであろう。

人間が偉大であるかどうかということは、（現実の奥の）調和を確信しているかどうかということだと思う。なぜなら、それが真実だからだ。詩人タゴールを私は偉大と思う。彼の万物一体論に敬服する。神を持ち出さなくとも、調和を確信する人は宗教的であり、また偉大と思える。日本人なら武者小路実篤などは、そういう色調の人である。生物として生きることの苦悩を書き、また失敗を露呈しながら生きても、彼から受ける印象は偉大である。

「君は君　我は我也　されど仲よき」
「この道より我を生かす道なし　この道を歩く」

――武者小路の言葉である。調和を信じること自体が、人間にとって既に偉大な行為である。もちろん歴史上で偉人といわれる人――たとえば維新時の西郷隆盛や勝海舟や徳川慶喜や坂本龍馬はそういう精神の人だったのである。彼らは、混乱の渦中にいて調和を確信したのである。そして、それに沿って行動し、実際にこの世に調和をもたらしたのである。死後ますます愛される映画作家小津安二郎にも同じような印象がある。彼は、この世と人間の善意を信じた人だろう。実生活でも立派な人であった。日中戦争で招集されると「ちょっと戦争に行ってきます」と言って征き、大戦が終戦になると（撮影スタッフとシンガポールにいたのだが）、はじめの引き揚げ船の乗船時に「俺はあとでいいよ」と言って居残っている。偉い人である。

宇宙の心を我が心として生きていないと、人生の指針が定まらず、生活の些細なことばかりが気になって閉塞状態に陥ろう（実は私は精神不安定な方で、そういう状態になりやすいので、あまり偉そうなことは言えない）。神を念じ、この世の調和と人生の安泰を信じて毎日を生きるのがよいと思う。というより、そういうのが人間の正当な生き方なのであろう。しかし、そう確信して生きている現代人にはほとんどお目にかからない。みな宇宙から遊離して不安で不安で仕方がない。いつ災難が降ってくるか分からない。人を見れば次のように考える。彼は一見紳士だが、裏側では何を考えているか知れたものではない。正真の紳士などいるわけがない。人間というのは実にずるいものなのだ（自分と同じように）。人間はネズミではないのだから、そんなに姑息に考えて生きてはいけない。大人《たいじん》として生きなくてはいけない。孔子は言っている。

「君子は坦《たん》として、蕩蕩《とうとう》たり、小人は長《とこし》なえに戚戚《せきせき》たり」（君子は心が平らかで、のびのびしている。小人はいつでも、こせこせと、びくついている）

人間は宇宙意識を持てば持つほど大きくなる。西郷隆盛はそういう人だったろう。自分の意識を全て宇宙意識で独占させてしまうと、人は神々しくなるだろう。私はそういう人間を目指したい。しかし残念ながら、現在は、ある時は大人（君子）風、そしてある時はコセコセネズミ（小人）風である。

さて、自然科学の発展は、かつての闇の部分の多く——不可解や迷信や病——を解明、消滅させた。それで現代人は科学が何でもかんでも解き明かいてしまうものと思ってしまった。そして、宗教に対しても疑心し、心の外に追いやってしまった。なにしろ宗教というのは科学にかからないものだからである。あんな不確かなものと関わってはいけない——それが知識人の共有意識となった。現代は科学万能時代か、あるいは、その時代は過ぎたかもしれないが、まだ多分に、そうした気分を引きずっている時代である。長い期間説明できなかったことに科学の光が当たり、また迷信が払拭されたのは大いに喜ばしいことである。医学は病を治し、苦痛を和らげ、かつてなら死ぬはずの人間を生かす。科学技術は生活を飛躍的に便利に、快適にし、われわれの領域を広げてくれた。しかし、科学は万能ではない。私は科学の恩恵を十分に受け、また享受しているが、科学は「究極のこと」を教えてくれる技術でも学問でもない。本当の幸福を招来《しょうらい》させる方途でもない。心の世界は科学とは無関係なのだ。文学も芸術も科学と接点をもたない。時代が如何に進化しようとも人間の心に神の概念は必要なのである。

いま時点において、地球以外に生物が棲む星は見つかっていない。星の数は、まさに砂の数ほどある。いつか地球と同じように生物の棲む星が見つかるであろう。しかし、そういう星は（特に高等生物が棲む星は）稀であろう。生物が生まれる環境が出来て、それが継続するというのは、恐ろしく小さな確率だと思う。エイ、ヤッと星をばらまき、時間経過させたら、奇跡的に生命に適合する環境ができた——それが地球である。そして生命が生まれ、長い時間経過の末、植物、動物と進化し、種類を増し、やがて人間という高等生物が生まれた。我々はめちゃくちゃな奇跡と善意の結果、ここに存在しているのである。すでに我々の存在の基盤が善意（我々の味方）であり、祝福であり、奇跡なのである。こうした存在である人間が調和を感じ、感謝しなかったら罰が当たろう。実は、調和の観念の人格化こそが神なのだと思う。神はこね上げられて作られたものではない、人間の心のうちにごく自然に住んでいるのである。人間の自然な感情が神を形作っているといったらよい。私は、本当の無神論者はいないのだと思う。神を否定する人は単に「意識的に神を否定している人」なのである。無理を押し通している人である。

私は、宇宙を作り、そして動かしている力が日々の日常生活中にも浸透していると考えている。我々はそういう力の内にいるのだ。私は常にそういう力を意識し、感じながら生きたい。日常生活で、宇宙を作った大いなる力を感じることは難しいかもしれない。だいたい、我々の生活はあまり思った通りに展開しないではないか。困ったこと、不快なことが多すぎるではないか。いや、それは私たちが妄想や我儘を押し通そうとしているせいかもしれない。あるいは、あまりに性急に結果を出そうとしているせいかもしれない。物事を近視眼的に見てはいけない。物事を大局的に見てゆったりした気分でいなくてはいけない。すると宇宙の意志が見えてくるのではないか。大いなる善意が感じられてくるのではないか。

天災と人災

この世は第一義的世界（信用できる真の世界）ではない。調和を投影していようが、それを完全に具象しているわけではない。

宇宙は生々流転する。星々は爆発し、衝突し、消え、また生まれる。少し時間を早回しすれば、一瞬たりとも同じ姿でいることはない。変化がこの宇宙なのだ。地上の諸現象も人の世も、その例に漏れない。一つの調和は、次の瞬間には崩れていよう。しかし大丈夫だ。この世の本質は調和したくてしょうがないのだ。人間が間違った手出しさえしなければ、対処さえ間違わねば、一つの破綻は次なる調和に至ろう。曲芸師の技を見ていると思えばよいだろう。あれは一見危なそうなので面白いのだ。この世界はそんなものだろう。ハラハラドキドキは、この世を生きる上での宿命なのである。一つの安定が気に入ったので、なんとしてもこの状態を留めておきたいというのは、いくらかこの世の性格に逆らった考えだろう。均衡を欠きながら、乗り切ってしまうのが、この世の醍醐味というものであろう。「調和」は、一つの安定した姿ではない。現象の奥にあるイデアである。この世が、死んだような調和でないことは実は我々の限りない喜びなのである。

頻繁ではないにしても、地球上に自然災害が襲う。地震、津波、洪水、山崩れ、火山爆発、旱魃、台風、ハリケーン、そして新型コロナウイルスに代表される疫病……。疫病を別にすれば、これらの災害は、我々の基盤というべき地球を作ったのと同じ原理によってもたらされる。煮炊きにも暖房にも欠かせない火が、ある場合に人間を焼き殺すようなものである。生物に必需の水も、水害になれば人を殺す。ただし天変地異も、無人の地で起こっても災害にならない。人間が被災して初めて災害になる。そして、天変地異も人類を滅ぼしてしまうほど大がかりであることはない。というより、時間的にも、空間的にも大きな見地からすれば、それはごく微小な部分でしかない。我々が為すべきことは、歴史に学び、人智を尽くし、それらの被害を避け、予防し、あるいは最小限に止めるよう最大限の努力をすることである。ナザレのイエスは言っている。

「見よ、私があなた方をつかわすのは、羊を狼の中に送るようなものである。だ

から蛇のように賢く、鳩のように素直であれ」（マタイ伝第10章16節）

自然災害に対する人為災害の最大のものは戦争である。多くの場合、それは人間の妄念、欲念の結果として起こされる。大東亜戦争（ここでは、この古い言い方が似合っている）は、日本の歴史における悲劇である。全ては開国当初の、西洋列強から自国を守る懸命な防衛意識に始まったろう。それが一時うまくゆき、さらに調子づき、肥大化し、最後にめちゃくちゃな戦争に突入してしまった。結果として近隣諸国に多大な迷惑をかけ、自国民に塗炭《とたん》の苦しみを味わわせた。何が悪いのか分からないが、悲惨な歴史の流れであった。こういう歴史の流れは、個人が止められるような類のものではない。愚者も賢者も巻き込まれ、押し流されるだけである。この歴史的狂気の帰結は、国土と貴重な文物の破壊と、大量な死者と、生き残った者及びそれに続く世代の精神の荒廃である。人々は戦後、長期にわたって自棄的気分にいる。そして、その後遺症はいまでも引き継がれているように思えるのである。

この戦争で戦闘員非戦闘員を問わず多くの国民が死んだ。痛ましい限りであるが、幸いに佐子家と、その親戚中では死んだ人間がいなかった。これはまことに有り難いことで奇跡的なことだろう。戦争にとられる世代が少なかったのが大きな理由だったろう。ただし、私の父と兄は当時、蒲田に住んでいて、空襲の焼夷弾が雨降る中を逃げまどっている（母は私がお腹にあったので、いち早く市川の実家に疎開していた。市川に疎開すると言うと市川では疎開にならないと近所の人から笑われたそうだ。市川も空爆の対象になっていたというから、終戦が一週間も遅れたら、私も生きていなかったろう）。蒲田では近隣の多くの人が死んだらしい。懇意にしていたお医者さんは、庭に自慢の防空壕を掘って、これでどんな空襲でも大丈夫だと自慢していたが、ご夫婦ともその中で蒸し焼きになったと聞かされている。その蒲田の空襲時、父と兄は逃げて川に出たので川沿いの道に折れたところで橋上に焼夷弾が落ちた。もし橋を渡っていたら直撃されて即死したところだったと話していた。父はそれから四十年近く生きた。分かれ道で、左するか右するかは個人にとって正に雲泥の差である。この世は趨勢や体制や物体でコンクリートになった（固結した）世界ではない。雨降る焼夷弾の間にも、人間を生かす空間がある。外力は絶対の力とはいえない。

私が尊敬した画家であり、作曲家であったT先生は、戦争でも頭のよい者が生き残るのだと言っていた。氏は兵卒として大陸にいたが、ある時、夜の歩哨《ほしょう》を命じられた。

実は氏以前にその歩哨に立った兵は、みな殺されてしまったのであった。そこで陽のあるうちに下見にゆくと歩哨地点は見晴らしがよい所で、みな狙い撃ちにされてしまうことが分かった。そこで氏は、人間一人がすっぽりと入れる穴を掘った（こういうのを「タコ壺」というそうだ）。それから夜間の歩哨に立つ兵は一人も死ななかったという。これは知恵が人間を救ったという話である。また、父親の場合もT先生の場合も、生きようとする強い意志があったことも見逃せない。

T先生の指摘どおり、聡明な人（頭がよいというのとは違う）が生き残る確率は高いと思う。普段の生活においても、そんなことはしてはいけないと思うことを無理に行い、自らを不幸にしてしまうような人を私の周囲で沢山見ている。まるで、自分で地獄を作り、それに向かって飛び込んでしまうようなのである。また、母を看取った関係上、病に倒れた肉親を何処の病院に入れるかはきわめて重要と考える。私は母を入院させた病院がまずいと思えたら、なんとか他の病院に変えなければならないと考えていた。幸い母は、私がまことによいと判断できる病院に入った。人生をうまくやるには、聡明さ――成り行きを大局的に見て、もっとも適切な判断をする力――がどうしても必要であろう。我々は生き残るために平時においても、災害時においても人智の限りを尽さねばならない。人智を尽くして天命を待つのは永遠の真理と思う。

私は、貧しかったが、いたって平和な世界、時代に生まれ、ここに生きている。親たちは震災に遭い、大戦争に巻き込まれ、戦後の動乱期に生きた。私に比べるとよほど過酷な時代を生きたと思う。世界を見渡せば、もっと過酷で、生存の危機が迫るような環境下に生まれつく人々がいる。苦闘しても生き延びられなかった恐ろしく沢山の人がいる。実は、私はこの世に七十年以上生きて、生存の危機などほとんど一度も感じたことがない。貧しくはあったが、飢えに苦しんだことも無い。まことに恵まれた生存環境だ。私も親兄弟のように空襲にあったら、焼夷弾の雨降る中を神を念じながら逃げまどったことだろう。

尊敬する漫画家のやなせたかし氏は軍隊当時の飢えの経験によって、自分の顔を人に食べさせるアンパンマンを思いついた。苦しい経験は、駄目な人間を駄目させるが、立派な人間なら、みんなに希望を与えるヒーローを誕生させるのである。願わくば、我に七難八苦を与えたまえ――と三日月に祈った山中鹿之介みたいな人もいる。多分、人間には艱難《かんなん》も必要なのだろう。そういえば、なんの苦労もなく、暑くもなく、寒くもなく、食べ物が充分にあって、いつも美しい花が咲き乱れているようなのが極楽浄土というなら、私はそんな処には絶対に行きたくない。

この世においては往々に、災害によって急激にしかも大量に命が奪われる。いかなる理由からか知らない。ただ考えてみると、平時においても急死する人はいる。災害における死亡は、平時における個人の死を大規模化した事象である。死因も老病死などの内からの死でなく、圧死、窒息死、身体破壊などの外的要因による。個人の自然死と、災害による死は全く異なる死の相を呈しながら、全く違う性格のものではないかもしれない。いずれも召されたのである。多くの死者を出す災害の場合でも不思議と難を逃れて生き延びる人間もいる。まあ、そう理解すれば、疑問もいくらか和らぐ。この世は第一義的な世界ではない。我々としては、ほんの一時（長くて百年）ご厄介になる場にすぎない。死ぬことは最大の不幸ではない。我々は与えられた生の期間を精一杯生きるのがよいだろう。

実は、我々を襲うのは災害ばかりではない。小さな障害や困惑は人生の常である。例えばこうである——わが子は五体満足に生まれてくるだろうか、いつまでたっても立たないが大丈夫か、しゃべり出さないが大丈夫だろうか、うまく保育園に入れるか、登校拒否になったが大丈夫だろうか。どうもいじめにあっているらしい。熱を出した、怪我をした等々——こうした心配、困惑、障害は生まれた人間が死ぬ日まで続くのだろう。特に他者との諍《いさか》いや、安全に食べることへの不安は尽きない。人間が生きるということは困惑と障害に出会うということと同義に違いない。次から次にやってくる小さな困惑や障害を右に左に捌きながら、生き切るというのが人生なのであろう。

人間は戦争をする性向や情熱を持った動物であると決めつける論者がいる。しかし人間が戦争をせざるを得ない存在だとするのは全くの誤りだと考える。やむを得ない戦争があることは認めるが、私の考えでは多くの戦争は人間の失敗部分である。やってはいけないことをやってしまったのだ。人類の歴史には美しい思想や行為や逸話がたくさん残されている。美しい音楽や造形物も沢山残っている。人間はある時には大いに喜び、またある時には大いに後悔しつつ生きている。つまり人類史は成功と失敗の記載である。

「ワーテルロー」という地味ながらよくできた映画（伊、露合作、一九六九年）があった。エルバ島を脱出して帝位を回復したナポレオンがベルギーに進出し、連合軍最高司令官のウェリントン（イギリスの将軍）とワーテルローで戦って敗れるまでの物語である。映画の後半で、この戦闘の様子が丹念に描かれる。戦争に勝利したウェリントン将軍が敵味方の死体が累々《るいるい》と並ぶ戦場を見て回ってつぶやく――「戦争で一番悲惨なのは負け戦だ。そして二番目に悲惨なのは勝ち戦だ」。――戦争とは、そうしたものだろう。もう、辞めたほうがよい。戦争は人類の「嫌悪」である。

繰り返そう、戦争、強殺、強姦、強盗などの人為災害は人間の失敗部分である。自由を与えられた人間が、やってはいけない方向に力を行使した結果である。これは実に神に対する越権行為、反逆行為である。人間に喜ばしいのは、悲惨に結果するような、それら失敗部分ではない。心を喜ばす成功部分である。つまり、それが、人間の方向であり、正しい在り方なのだ。この方向の最大のものが文化活動であろう。

創造

神は宇宙を現し、地球を作り、人間を住まわせたが、この時点で直接の創造を辞めてしまった。その後の創造は、人間を通して行うことにした。原始人は言葉を喋るようになり、衣服を着、用具を作った。その後がいよいよ本格的な文化活動である。言葉を土台に文字を発明し、文章を書き、思想、文学に発展させた。衣服は裸体を隠し、傷害を防ぎ、寒気から人体を護った。それら第一の目的が果たされると、民族衣装に昇華され、あるいは権威の象徴となり、また己を飾り、個人表現のツールになった。また、生活用具——例えば茶碗は食料や飲料を容れるという第一目的が果たされると、次に美しさが求められた。生活用具は、第二段階において、人間の不思議な営為の対象となるのである。私の使う湯飲み茶碗は、単なる用具であるが、光悦の作った茶碗は人類の宝である。実用を超えた美の追究——文化活動は神と人間の共通した情熱であるといえる。人間は、茶碗を単なる容れものとして放っておけないのである。人間の不思議な性向である。これは、人間（人類）に、あらかじめインプットされたものである。人間が生きれば、文化は生まれざるをえない。

文化創造において大いに意味をもってくるのが個々人である。光悦という人がいなかったら、我々は光悦作の茶碗を得ることができなかった。まことに個人（個性を備えた人間という存在）は偉大である。なにも光悦という大芸術家に限らない、全ての個人は欠くべからざる存在なのである。ただ一般人は茶碗作りの分野においては光悦に較《くら》べると、いくらか影が薄いというにすぎない。地球にとって全ての個人が必要である。きっと、各個人はそれぞれの場において欠くことができない存在なのである。

それぞれは、この世界を構成する確実な要素なのだと思う。だから、この世に生まれた以上、あなたはあなたがやるべきことを忠実に為さねばならない。

実は文化においては、個人とともに民族も必要である。民族はポッと生まれたものではない。長い期間をかけて「文化的同朋」に仕上がったのである。民族――今日においては、互いに争う宿命を持つ悪しき集団ぐらいにしか捉えられていないかもしれない。しかし、そうしたものではない。争い合うなんてとんでもない。民族は、民族の個性を発揮するために存在するのである。個人は民族あるいは文化的風土という基盤に立って、より効率的に創造を為しうるのである。世界が、なんでも近代化、一律化、インターナショナル化するのは寂しい。それは一面で文化的退歩である。たとえば我々は都市に建つ近代建築に郷愁を感じない。我々が魅力に感じるのは個性溢れる「民家」である。同様に、民族衣装も、民俗芸能も、民族音楽も、民具も、生活様式や生活作法としての「民俗」も大変重要であり、なんとしても残さねばならない。それらは人類の宝である。また、そういうものこそさらなる創造の基盤たりうるのである。

人間は不思議な情熱をもって物を生み出し、美を追い求める。佳《よ》きかな。これも神の意志である。創造に伴う無上の喜びが、それが神の意志であることを裏書きしているると思う。

私は書籍編集を業とし、また風景写真を撮ったり、文章を書くことをワークとして生きている。仕事でも遊びでも「作っている」。そういう人間だから、物を作るのが人間の本性であると思いこんでしまっているところがある。しかし当然なことながら、物を作るばかりが人間の仕事ではない。農業で食糧を生産する人がいる。企業経営に腐心する人がいるし、政治こそ男子の生き甲斐とする人がいる。医師として病人や怪我人を救うことに尽くす人がいて、子弟を教育することを本分とする人がいる。人は、それぞれの個性と適性に従って己を表す。皆が、己を通して宇宙の意志を現しているのだ。宇宙の意志は「人間」がいないと現れようがないのである。個々人はまことに貴重である。一人が欠けると宇宙は一人分寂しくなるであろう。

私は生きていて、この人は天才ではないかと思う人をたびたび目にする。特に著名な人でなく、ごく普通のおばさんだったり、おじさんだったりである。もちろんダ・ビンチやミケランジェロのような大天才でないが、特異な才能を持ち、目立たないながら世を益している。料理が感心するほどうまかったり、美的センスが異常によかったり、すぐに物や事の真贋《しんがん》を見抜いてしまったり、不思議な透視の能力を備えていたり、校正能力が抜群だったり、編集の訓練も経ないのに編集者顔負けの編集能力を発揮したりする。外からは一見分からないにしても、各人は、何か他人に抜きんでた才能を与えられて、この世を生きているのではないだろうか。

人それぞれに運命というものがあります——これは香具師《やし》の寅さんの口上である。私もその通りと思う。ここでは宿命と言い替えたい。宿命の基本にあるのは、容姿や能力や嗜好や生まれた環境（時代や地域や家柄）であろう。つまり私が言う宿命は、「生来のもの」ということになるだろう。人間はここを出発点として、己を形成、成就させる。人生におけるきわめて多くの不幸が、宿命に逆らうことによって起こっているように思う。単純に周囲の真似をしたり、流行に乗ったり、あるいは儲かり、注目を浴びるということをもって進路を選んではならない。何よりも、内からこみ上げるものを大切にしなくてはいけない。多分、各人がごく自然に切望する方向は、その人の適性にも合致しているはずだ。目先のことだけを考えて行動したのでは、まともな人生が形成できないだろう。まっとうな人生をやる人が少ないので、世の中が不満と苛立ちに満ち、また悲惨を現しているのだと思う。みんなが、彼に与えられた道を行くべきなのである。現代のような自由競争の時代にあって、そのように振る舞うことは、まるで修行僧にでもなるような気もしようが、それこそが正解なのだと思う。多くの場合、「自由」は幻想である。人間は何をやってもよく、また何でもできるわけではない。

人は宿命に従って進み、それを逸《そ》れて阻まれ、ある時は、それを踏み外してしっぺ返しを受け、再び自らの道を確認し、奮闘し、そして最後に自分の宿命を成就するのである。それは宇宙の意志を果たすことである。そうして彼は、安らかに、この世の生を終えることになるだろう。これは至福である。まことにニルバーナ（涅槃）というのに相応しい。

宇宙の意志から切り離された現代人の特性は、権力と富と性への異常な執着、無目的な競争意識と自己顕示意識、そして死への異常な恐れである。本来、神を具現すべき人間の哀れな姿である。本来の人間は、清々しく、神々しく、美しく輝いているはずなのである。立派な男が乞食や修羅に身をやつしても仕方がないのだが、残念ながら、そういうのが多く、現代人の姿である。

文化の創造ということに話を戻そう。

人間は積み重ねる生物である。幼少期に、父祖らが確立した生き方、習慣、生活技術を学び、また、文芸、美術を咀嚼して内に取り入れ、既に構築された学問、科学技術を基盤に、さらなる積み重ねを図ろうとする。進一歩させることは、芸術家の創造と同じく、人類の基本的な情熱である。蟻や蜂が、誰から命ぜられるわけではないのに、共同体のために、そして子孫を繁栄させるために働き、巨大な巣を作るように、人類は便利、快適、進化を目指して汗を流す。人類は一つの意志に従って働いている。

二十世紀に生を享《う》けた私は、築き上げられた技術のお陰によって江戸期の芭蕉が、何か月もかかった、松島や平泉への旅を一泊で済ますことができる。また、寒さに凍えない家に住み、十分に食べ、医術の進歩のおかげで伝染病等に怯えずに生きることができる。また、テレビは人間の孤独の苦しさを解消する。会社を退職し、一人暮らしをしている友人から、朝から晩までテレビを見ていると連絡があった（あまり褒められたことではない）。孤独な私もテレビを見ながら晩酌し、寂しさを感じないで済む。個々人の悩みは尽きないとしても、人間の不思議な営為が、快適生活と病死者の減少を現実のものにさせている。

学芸については、時代に伴って進歩発展するというわけにはゆかない。たとえば俳句についていては、元禄期に芭蕉がいきなり大成させてしまった。それ以後、彼に勝る俳人は出ていないだろう。過激な言い方をすると、彼の後の俳人は単なるバリエーション的存在に過ぎない。また、運慶、快慶以後彼らに勝る仏師は出ていない。ただし喜ばしいのは、時代が下がるに従って新技術が新たな芸術様式を生みだすことである。たとえば、写真技術の発明により、写真という芸術の新しい分野が誕生した。実は写真は「記録の技術」として生まれた。坂本龍馬の優れた肖像写真があるので、我々は坂本龍馬をほとんど丸ごと理解することができる。写真技術の勝利である。その記録技術を芸術にまで高めた人々がいる。一頭地を抜いているのが土門拳である。私は彼の写真集を繰り返し見て、見る度に新たな感動を得ている。写真技術が人類の文化に新たな一ページをもたらした。近年におけるもう一つの偉大な発明は映画である。映画ができてよりのこの百年間に、数十人の偉大な映画作家が誕生し、我々は数百本の名作映画を得ている。写真は記録に始まり、映画は娯楽として出発した。そして共に芸術の一ジャンルに昇華した（昇華しても、基本的には記録であり、娯楽である）。共に、まことに喜ばしい技術と言えよう。

私が只今享受している新しい時代の技術というとパソコンであろう。特に、そのうちのワープロ機能とEメール（電子郵送）である。私はかつては原稿用紙の升目に字を一字一字埋めて原稿を書いた。そして、推敲時に、升目以外の空き地にも文字で埋め尽くし、場合によっては新しい原稿用紙に書き改め、さらに最後に清書するという大変な手間を掛けた。それがいまでは書き終えたところが完成（清書も完了）したところで、必要があれば、それを販元や印刷所にメール送信し、送稿完了である。なんという手間の省けよう。パソコン様々である。

これから後に生まれる人は、より快適な環境を得、あるいは素晴らしい芸術（表現）の新分野を手にすることができるかもしれない。それらは人間の不思議な営為、つまり進歩指向の情熱によるのである。人間の情熱は破壊（争いや殺人や戦争）でなく、こうした創造分野に向けられるべきなのである。

弐

流れの章——派生と展開

I　テーマのある人生……長寿時代のサラリーマン

人生は、自分がこの世でやるべきことを探し、そしてそれを見つけ、成就する過程だと思っている。私は人間の願望というものが、どのくらいの率で実現するか知らないが、初めに述べたように種子が開花する過程においては（つまり、その人の生まれながらの願望なら）願望は必ず成就するものと信じている。司馬遷のように、歴史を書くことが自分のやるべきことであったら、絶望のどん底にあっても、何ものかに突き動かされるようにして『史記』を書くのだと思う。多くの人は、それほど深刻にならずに生き、なんとはなしに何事かを為し、死ぬのだろう。そうした人生の過程で多大の不満を感じなかったとしたら、それもその人なりに為すべきことを為したということなのだろう。もし、やるべき強力な目標があって、それを為さずに生きていたら、不満やるかたないに違いないのである。田を耕して、満足して死んだら、それもよい人生だと思う。その人が詩人の体質を持つなら、田を耕しながら詩作するだろう。

のである。

「里の秋」や「夢のお馬車」を作詞した斎藤信夫は、地もと千葉県の小、中学校の先生をしながら、生涯に一万点以上の詞を作った。彼は詩人の魂を持って生まれてきたのである。

ものを作るだけが人生ではない。映画「スーパーマン」で主人公を演じた俳優クリストファー・リーヴは馬術競技の最中に落馬し、九死に一生を得たものの、その後、車椅子の生活になった。そして身体の麻痺に苦しむ人たちを励ます活動をし、「私とスーパーマンには共通点がある。それは、この世に生まれた使命を知っていることだ」とテレビで語っていた。彼の著作が出版されている。原題は「不可能なんてない」というのだが、日本版題名は彼が講演で語った「あなたは生きているだけで意味がある」となっている。結構なタイトルである。

私は太地喜和子という文学座の女優さん（平成四年に亡くなった）と酒の席でご一緒したことがある。この人の話は談論風発という形容がぴったりで、聞いていて実に面白い（創造性に富み、表現力が旺盛なのだ。加えてサービス精神に富んでいる）。酒の席でもう一度ご一緒したいと思うほどである。彼女は中学生の頃に、街に来たドサ回りの芝居を見に行った。そうすると、役者にスポットライトがあたり、客席からおひねりがぴょんぴょんと飛ぶ様を見て「私も役者になりたーい」と思ったそうである。それで、さっそく座長に会いに行くと、「これからの役者はせめて高校は出ておけ」と言われて、即座の弟子入りは思いとどまったそうである。実は私も地元にあった鈴本演芸場で、そういう場面を見ている。ところが私は、役者になりたいなどとは全く思わなかった。太地喜和子には役者の魂があり、私には全く、それがなかったのである。少し話がそれるが、その時、太地喜和子は自分はいま、木原美知子（これはうろ覚え。有名な水泳選手であった）の水泳教室に通い出したが、実は生来、水が怖くて仕方がないと話していて印象的であった。この酒の席から二、三年経ってからであろうか、彼女は伊豆の伊東の埠頭より、誤って自動車ごと海に転落して水死した。後から考えると、彼女は水死することを予感していた。しかも私が彼女と同席した場所が伊豆の下田の海に近い料理店であったのが、なんとも奇妙な符合であった。

人の一生を鳥瞰するに、生育期を終えると己が食べるため、そして家族を食べさせるために職に就く。大部分の人は田を耕し、あるいは商人になり（現在なら、いずれも会社員となり）、あるいは手に職を付けて職人となる。そして、ごくわずかな異能の持ち主が、作家や芸術家となり、また役者、芸人となり、スポーツ選手となる。異能の人の仕事は皆の憧れだが、そうした資格を持って生まれてきた人にしかできない。それで多くの人たちは労働しつつ、異能の人たちの仕事を享受する側に回る。いずれの人も、あまり老齢になると体力的に、あるいは精神的に働くのが無理になって引退する。私はアニメーション作家の宮崎駿氏が、まだ充分に創作意欲を感じさせるのに「風立ちぬ」を最後に長編アニメからの引退を表明したのを理解できる気がする。高齢になって、大勢の若いスタッフを従えて先頭を驀進《ばくしん》するのは無理がある。高齢になってからは、自分のペースで走れる仕事に携わねばならない。馬力を武器にするのには、若さが必要である。人生の目的は変わらなくとも、人には年に応じたやり方があるだろう（ただし宮崎氏の場合は三年後に引退宣言を撤回している。その間に十分休養できたのだろう）。そして人間は働ける間は働くのが基本の姿だと思う。現代においては大部分の人が会社組織に組み込まれ、ある一定年齢になると望もうが望むまいが引退させられてしまう。

会社員として生きて定年になると、なにもやることがなくなって精神が不安定になってしまう人は多い。実は、私も半生を会社員として過ごしたので、こういうのは人ごとではないのである。定年後も充実感を持って生きたい（というより、死ぬその日まで充実して生きたい)。本当なら、自分のワーク(生き甲斐の感じられる仕事)や、それに準じる仕事を会社での仕事にし、定年後もそれを個人として続けられるのが理想だが、現実問題としては容易ではない。また、定年という区切りも半世紀ほど前までは、よい区切りであった。私は学校を出てすぐに出版社に入ったが、(昭和四十年代前半頃の)出版社は忙しく、多くの社員は身を削るようにして働き、もう気力体力の限界になって停年を迎えれば、十年たたずして大方の人が亡くなった。みな、編集業が好きでやっていたのだから、それもよい人生であったろう(高度成長期で、しかも平均寿命も短かった時代は、出版社員でなくとも、これに近い状況だったと思われる)。しかし、現代における多くの会社員には、もう少し余裕があるだろうし、人間の寿命も急速に延びた。会社を辞めても人生の時間は充分に残っている。漫然と会社員をやってきて、会社の仕事以外は特にやることがなく、体力気力も充実したまま定年を迎えれば、後は長い空白の時間が待っているばかりである。それで、年金をもらって食べてゆけるとなると、残りの長い後半生は何なのだろう、座敷牢に押し込められて生きるのと変わりがない。あるいは動物園の熊の人生であろう。こういうのは喜ばしくない。会社員時代というのは、いまや人生の通過期間に過ぎない。もちろん私の友人の中には定年になって、特にやることが無くとも悠々と爽やかに生きている人もいる。自分の人生をトータルに見て、これでよいのだと自得しているのであろう。それも、それなりに立派と思う。喜ばしくないのはやることが無くなって、精神を荒《すさ》ましてしまうことだ。人生でやることは、もちろん一つのこととは限らない。自分は三十代でこれをやり、四十代でこれをやり、五十代でこれをやろうとしていると語った人がいたが、こうした計画を立てるのも生きる上での励みになるだろう。

実は次のような事情も考慮されるべきだろう。私が生きてきた昭和の戦後時代は一種の非常時であった。焼け野原から国を復興させるために、会社こそが最重要装置であった。会社で働き、生産を上げることが、なによりの急務であった。個人の人生よりも、個人による仕事よりも、会社での生産が重視された。会社時代が単なる人生の一環であるというような認識は誰も持たなかったのである（会社時代が人生の全てであるように思っていた）。しかし既に、この国は非常時ではない。人間の生き方は、自ずと変わらねばならないのだが、戦後五十年のベクトル（方向性をもつ力）は、我々の中に遺《のこ》されたままになっている。今や、会社での時間も、長い会社員時代も「人生の中の」時間と時代として位置づけられねばならない。

ちょっと、身内の話になるが、私の長兄は（私より二十歳ほど年長である）、園芸が好きで、若い頃よりバラを育て、長期間、日本ばら会（北は北海道から南は九州まで千人ほどの会員がいるらしい）の理事をしていた。バラにかける情熱は凄まじく、正月も雑煮を食べれば、すぐに庭に出て手入れをしていた。春秋の開花の季節になると花を切って、隣人知人に配って喜ばれた。ずっと国家公務員をし、定年後は駐車場公社で嘱託をし、多分七十過ぎまで働いていた。もちろん定年してからも熱心なのは趣味のバラ作りである。定年後には野菜作りも加わった。兄が励みにしているのは毎年、春と秋の二回、開催される全国展覧会に出品することで、全国の仲間と、その出来を競い合った。展覧会は時期が決められているので、丁度、その時に合わせて会心の花を咲かせる必要がある。それで、賞を獲得するのは、実力だけというわけにはゆかず、なかなかむずかしいらしい。兄は現役時代に流山に移っていたが、八十七歳の時に電話が入り、展覧会で特賞になったと報告してきた（なんと翌年も同賞を獲得した）。役人としてはけっして成功しなかったが、生涯を通じてバラ作りに励み、九十近くになって仲間に誇れる賞を取った。それで、これもまた、それなりにいい人生だと思わされたことである。

私は男として幸せな人生は、テーマのある人生だと思う。人生でこれをしたいという目的があれば、人はそれに沿って職業を選び（テーマそのものを職業として選べることもあろうし、テーマに関係した職業を選ぶこともあろうし、趣味、あるいはワークとしてテーマに取り組む時間的余地があるような職業を選ぶこともあろうし、将来においてテーマに専念する時に有利になるような職業を選ぶこともあろう）、そして、テーマ遂行に相応しい連れ合いを選び、定年になったからといって、人生の断絶も空白も感じないで済むと思う。私は学校を出て出版社に入ると、先輩同輩に文筆家志望者が沢山いることに気付かされた。ある先輩から、いきなり「佐子さんは何を書きますか」と質問されて吃驚した。当時の（あるいは一時代前の）出版社社員は心情的に作家準備生だったのである（ただし結果として私の周囲にいた人で作家に転進した人は一人もいなかった）。

現代は、ある意味で状況がめまぐるしく変わる乱世である。日本経済のバブルがはじけると、私が携わっていた出版業界も不況の嵐が吹き荒れた。いま考えると、私の現役当時は、出版業界も実はバブル期だった。仕事が沢山あったのだ。それが急にバブルがはじけてみると、出版界で飯を食っていた人々——執筆者、編集者、デザイナー、カメラマンたち――の仕事が一気に縮小してしまった。知人の多くが失業し、あるいは転職を余儀なくさせられた。こういう事情の中でも、うまく転進した人がいる。山口さんは、私より少し年長だが、優れたエディトリアル（編集の）デザイナーで、私の関係する書籍の多くをデザインしてもらっていた。それが、やはりバブル崩壊のあおりを喰らって徐々に仕事量を減らした。この人は昔、レコード会社でレコードジャケットのデザインをしていた関係もあって、レコードに詳しい。もちろん本人が好きで、独自に研鑽したのだ。それで晩年にいたって『LPレコード再発見』という本を書いた。それが好評で、続編を二冊書き、今はそのまた続編を音楽雑誌に連載していて、これもやがて本になる予定という。この人の場合は、晩年にいたって、やるべき新たな仕事を獲得した。彼は本を書こうと思って長い間、研究をしていたわけではない。ただ、好きだったので親しみ、独自な視点からの洞察ができた。それが、本にするほどの蓄積となったのである。彼の場合は芸が身を助けたという話であろう。実は、考えるに「芸しか身を助けない」と言った方が適切なのだ。人生においては、自分が好きなことには充分深入りしておくことをお奨めしたい。そうした結果こそが確かな実を結ぶことになるのだろう。加えて、この例でも言えることだが、個人が取り組む対象はニッチ（隙間）でよい。他に競合者がいないような狭い領域こそ、個人が取り組む研究として相応しいだろう。また、本当に好きな領域で、それに相応しい才能さえ備わっていれば、長期にわたって取り組むことができる。これをワークにしようと、手前勝手に決めたところで長期にわたって付き合える保証はない。長期にわたって取り組まねば、本当の蓄積にはならないのである。

もう一人、定年後に転進した人の例を挙げよう。東海のある街に住むY氏は現役当時から骨董集めが趣味であった。それで定年になると骨董商に転じた。長年の趣味のこととて、業界には通じている。まず各地の買い出し屋さん（地方を回って古物を買い集める人）に話をつけ、物が集まったと連絡が来ると、遠近にかかわらず即座に飛んでゆく。なにしろ好きなことなので仕入れに東奔西走しても苦にならない。店は持たず、水戸の近くで、毎月二度開催される骨董市に出店する。水戸は遠いので、出店する時は一泊である。いつも奥さん同伴でゆく。毎回ではないだろうが、序でに二人で東北の温泉巡りもする。趣味と実益を兼ねている。骨董業も決して儲かる商売というわけではない。Y氏の場合は、生活費は年金でまかなうので、あとは、自分が楽しみ、馴染みの客に喜んでもらえばよいとしている。これは人生二毛作のやり方である。

人生のテーマというのは、その人が好きで熱中でき、長期間続けられるということが条件のようだ。長兄の場合も、山口氏の場合も、Y氏の場合もそうである。いずれにしても三氏は、はっきりしたテーマをもった幸せな人である。

人は生きるために働くが、それはあくまで生存を保つためであって、それは人生の目的ではない。一つの目的を持った人間が、商売をしたり会社員をしたりしているのである。現役を退いたり、定年になったりしても、人生という太い線上を歩くことに変わりはない。定年は人生の風景が、ちょっと変わることに過ぎない。人間は人生を通して己の役割を演じねばならない。定年後に充実した人生を送るためには、定年してから、さあ何をしようかと考えたり準備にかかるのでは、いささか遅い。学生時代にテニスをやっていた友人がいて（二十歳を少し過ぎたばかりの頃である）、「もう少し上達させておかないと、定年後にテニスを楽しむことができない」と言っていたので、こいつは馬鹿でないかと思っていたが、この年になって考えると真理の一端は突いている。定年の先に次の人生が控えている。私は、人間はこの世においてそれぞれがやるべきことをやるのに十分な時間を与えられているのだと思う。まだやり残したことがあると思っている人にとっては、現役を退いた晩年こそ絶好の機会である。生活のために働くことから解放され、時間的に余裕があるというのは成長期（学生時代）を除くと、人生にそうあるわけではない。「晩年」というのは、忙しい現役時代に果たせなかったことに存分熱中するために用意された時間であるに違いない。

次に、偉大なゲーテの詩を――

星のように
急がず
休まず
君は君の負い目を
果たして進むべし

「自己実現（self-actualization）」という言葉がある。実に魅力ある響きだ。ドイツの精神分析医ゴルトシュタイン（一八七八～一九六五）が注目した概念で「これは全ての人間の行動を取り仕切る決定的な要因で、潜在的に本人がなりうる可能性をもつものへなろうとする企て」と定義した。この言葉はユングが「個性化」とほぼ同義で使用し、またアメリカの心理学者エイブラハム・F・マズローが彼の「欲求段階説」の最上位概念に据えたことで知られている。

この語句についての私の感想を述べたい。自己実現という言葉は「行き着くべき自己の姿」というものを想定している。まだ目には見えないが（この世に実現していないが）、己のあるべき姿が既に存在しているということである。このようにイデア（理念）としての己が、あらかじめ存在しているというなら、これは私の種子理論に該当する。つまり、人間一人一人は一個の種子であって、朝顔の種子が朝顔の花を咲かせ、椿の種子が椿の花を咲かすように、定められた花を立派に咲かすのが人生であるというわけである。ゴルトシュタインは、もしかしたら、人間というのは究極の目標を定め、それに向かって努力する存在だという、いくらかゆるやかな意味で言ったかもしれない。私の場合は、個性も、能力も生まれながらのもので味《くら》ますことが出来ないということに特に注目している。人は、自分というものをよく理解し、それを伸ばす方向に生きねばならない。間違った方向に進んでもうまくゆかない。例えば前述したように、私には役者的な才能がない。よく役者さんが「一度きりの人生で、いろいろな人生を体験できるこんなに楽しい職業はない」とテレビ等で述べているのを耳にする。それを聞いて私は覚るのである。私は私以外の人生を絶対にやりたくない。そうしたアイデンティティがよほど強固に出来ている。これでは役者になりようがない。つまり私には役者としての才能がないという以前に、役者であることを拒否している。また、私はこのような文章を書いているが、小説は書けない。物語は作れない。まともな詩も作れない。これは、努力したらどうにかなるといったレベルのことではない。宮沢賢治は一晩に童話を十幾つも書いたそうである。彼が机に向かえば、あるいは野を歩けば、童話が向こうからやってきたのである。彼は特別の天才であるが、人間の才能（人に備わった能力）というのはこれに近いものがある。人間は己の才能に沿って生きるようにできている。君の才能は僕の才能ではない。ただし人間は生まれながらに自分がどういうものであるかを十分に知っているわけではないので、試行錯誤しつつ歩むことになる。若い時は、失敗はどんどんすべきである。失敗が、己が何ものであるかを教えてくれる。行く方向を示してくれる。こっちの方向は駄目なので、今度はこっちの方向に挑戦してみよう。そして己の方向が定まったら、あとは真っ直ぐに突き進むばかりである。

人生を学習期、会社時代、退役時代に仮に分けたとして、この三期を通して、己のテーマを設定し、テーマを熟成させ、テーマを成就させる。これが自己実現の過程としての人生に違いない。会社を定年になって精神を荒ませる人は、多分、自分はまだ自己実現できていないと思っているのである。自己実現途上であるから、これで隠居するわけにはいかないと思っている。そもそも退社して、これで働いたり、活動するのはお終いになってしまうと思い込むのがいけない。会社時代というのは人生の一時期に過ぎない。単に一工程が終わったというのに過ぎない。これから違う人生が始まるのだ。子供が小学校に上がって、僕はぴかぴかの一年生だと思うように思えばよい。いよいよ新しい人生が始まるのだ。

自己を知り、自己を実現する。人生はそれに尽きるであろう。私は「自己実現」という言葉が、それを、きわめて明快に示していると思う。

経済についても少し触れたい。

人間は生きるために、水を飲まねばならず空気を吸わねばならない。それと同じように飯を食わねばならない。太古においては各自で狩猟採取して食糧を得た。それから米や野菜を作る時代になり、やがて各自がそれぞれの分野で働いて金を稼ぎ、それで米や野菜やその他食べ物を贖《あがな》う時代になった。いずれにしても（自ら食べ物を作るにしても、必需品を作ってそれを金に替えるとしても、娯楽を提供し、あるいは文化を創造して金に替えるにしても）、人間は生きるために働かなくてはいけない。ただし幼少年時代は親に養ってもらい、年をとってからは若い者に食わしてもらってきた。しかし、時代が替わり今日のように高齢化が進むと国も息子たちも高齢者を十分に養う余力がなくなった。つまり、結果として身体が動く限りは自分で自分を養ってゆかざるを得ない。もちろん定年年齢になれば多くの人々が、既に己の居を定めていて、子供らは独立していて、自分自身の学費や結婚資金を溜め込む必要もない。夫婦二人が食べていければよい。そこで、高齢者は体力に合わせて無理にならないほどに働ければよいわけである（いま時点では社会全体が、そう理想的な、つまり高齢者が働きやすい体制になっていないかもしれないが）。引退して悠々自適を決め込んだのは、歴史の一時代における姿であって、そのように決まっているわけではないのである。

人間は死ぬまで自分の食い扶持《ぶち》を自分で確保することが基本である。これからは個人の意識も、社会の流れ、国の体制も、その方向に動いてゆくのだろう。

II 構想者たち

まず構想ありき

人は構想しながら生きている。立派な行動や商品や作品は、立派な構想が有って初めて実現すると考えられるのだが、面白いことに人間社会ではそうとばかり言えないらしい。「カサブランカ」というイングリッド・バーグマンが主演した映画の名作があるが、あの映画の場合は脚本が完成していないうちに撮影がどんどん進行した。それでバーグマンは「私は結局どちらの男のものになるのですか」と監督に聞いたそうだ。脚本ができ上っていないのだから、そんなことは監督にも分からない。そういう作り方をしてもあのように完成度の高い作品ができるのだから不思議なものである。映画「風と共に去りぬ」も主演女優が決まらないうちに撮影が始められた。こういうのは特殊例であろう（特殊例は人間世界の面白さの一面である）。普通はしっかりした脚本があり、肝心かなめの主役が決まっていなければ立派な作品に仕上がろうはずがない。しっかり構想されていなければ戦争でも敗戦となるだろう。光秀の本能寺襲撃は、まったく構想ができていなかった。事件後にどうするのか、そして結局どうしたいのか、さっぱり分からずに謀反だけが先行した。それでなんだかわからない謀反劇になってしまった。あれでは光秀は率先して自滅したのに等しい。秀吉の朝鮮出兵も、意欲だけあって、たぶん何の計算もなされていなかった。中国を征服してどうしようというのか。それ以前に、そんなことができるのか。関ケ原合戦も西軍に何の構想もなかったと見たい。それで結局合戦とは言えないような合戦になった。大東亜戦争も日本近代の気運だけが肥大して開戦に持ち込んだが、戦争から戦後に至る全体構想は皆無だったといってよい。有名な孫子の「彼れを知り己れを知れば、百戦危うからず」の大原則さえクリアされていなかった。「でたらめ」を遂行した結果は、でたらめの悲惨であった。

構想されたことはやがてこの世の現実となる。これがこの世の原理であろう。それで、ことに臨んで、いかに構想するかが問題となる。まず決意して、それから考えれば構想が出来、現実にそうなるかというと、そんなものではない。まず、生まれながらの（あるいは前提となる）資質（一定条件）が必要である。音楽の資質を備えていなければ音楽家になれない。小説家の資質を備えていなければ小説家になれない。絵を描く資質を備えていなければ画家になれない。実は資質が備わっていなければ、そうなろうという意欲も起きないはずなので、こうした過程ではいかなる問題も生じないはずだ。資質なくしてそうなろうという意欲を持つ人間がいたら、それは狂っているとしか言いようがない。資質なくして画家を志す人間は、初期の段階で、うまくゆかないことが分かるので、画家になることは諦めざるを得ないのである。構想は、資質に沿っていなければならない。小説家の資質はごく自然に小説を構想し、書き始めることになる。何とはなしに、将来これをするのだと思う少年は、きっと将来においてそれを為すことになるのだと思う。

シュリーマン

北ドイツに生まれたシュリーマン少年はホメロスの物語に魅了され、自分は将来、トロイア遺跡を発掘するのだと思い定めてしまう。その当時において、トロイア遺跡が実在すると考える人など一人もいなかったのである。シュリーマンは自分の理想の実現のためにはまず十分な富を我がものとしなければならないと考え、中学を卒業するや、小売店の小僧を皮切りに職を転々とし、四十半ばに至って巨富を獲得する。そして実業界から退き、発掘にかかる（一八七一〜一八九〇年）。しかして彼はミュケナイ文明とミノス文明の発見者になる。すさまじい人間がいたものだ。もちろん彼の例は極端な例である。でも人間の、資質とそれから生じる予感、確信、構想、実行という過程は、基本的にこうしたものだと思う。

シュリーマンの経歴を見るとき、多くの疑問がわく。彼はなぜホメロスの物語にそれほどの興味を感じたか。そして根拠なくその実在を確信してしまったか。そしてなぜ自分で発掘しよう決意したか。そして必要な金（それも巨万の富）をいかなるわけで獲得することができたか。これらを考えるとき、彼はもしかしたらトロイア遺跡を、この世に出すべく天から遣わされたのではないかとさえ思えてしまう。彼の存在はとても偶然とは思えないのである。歴史的な存在の背後には天の配剤といったものがあるかもしれない。

空海

シュリーマンほど、絵に描いたようであったかどうか知らないが、日本で真言密教を開いた空海などもその類の人であろう。師の人生は、構想し、そのことごとくを驚くほど正確に現実化していった人生のように見える。空海の生涯を概観してみよう。ただし空海は私ごときが、とやかく語れるような人間ではない。まあ、空間に漂う塵が巨星を窺《うかが》うようなものだろう。

空海は四国の讃岐で中堅豪族の子として生まれる。上京して十八歳で大学（貴族官僚の養成機関）に入るが、旧来の仏教に飽き足らず大学に決別し、その後は独自に厳しい山岳修行を課し、その過程において、まだ日本では広く知られてはいなかった密教経典（大日経など）に触れて開眼させられる。優秀な彼は入唐《にっとう》以前に最新仏教である密教（八世紀ごろにインド大乗仏教の最後の段階として完成した）の奥義を自得してしまったと考えられる。ただし、密教をもって世に立つ以上、正式な印可を受け（つまり灌頂《かんじょう》を受け）、密教全体の作法、形式（これらは密教において枝葉でなく、重要な意味を持つものと推測される）を学ぶ必要があった。彼は遣唐大使と同船して入唐すべく急遽東大寺戒壇院で受戒する（正式な僧侶となる）。これは前年の遣唐使節が、船団の一部の難破により、翌年の同時期の再出発となって、このとき欠員が生じたので空海の乗船が可能になったのである。こうした偶然が空海に幸いした。遣唐使船は四船からなっていた。この船団は出港間もなく暴風雨に遇って四散し、四隻のうちの第三と第四船が消息を断つ。中国にたどり着いたのは空海と橘逸勢が乗った第一船と最澄（日本天台宗の開祖）を乗せた第二船だけであった。この時期には最澄と空海は身分が違いすぎて相知ることはなかったとみられる。しかし日本仏教界の両巨星が同じ遣唐使船で入唐したというのは何という偶然であろうか。二人は、その後助け合って日本仏教界を盛りたてることになる。両巨星はまるで双子星のようである。

唐に渡った空海は名師を求め、ついに青龍寺の恵果《けいか》和尚に会い、即座に密教を伝え

高野山

られ、正統密教の第八祖になる。空海と恵果の出会いは劇的である。恵果は空海を見るや笑みを含み「君が来唐したことを聞いてずっと待っていた。さっそく密教を伝授しよう」と言う。恵果は空海を一目見て、その力量と資格を見抜いてしまったのである。力量人がもう一人の力量人に会ったというわけだ。恵果が空海に会ったのが六月で、それから二か月間で密教の大法をことごとく授け、仏画師に曼荼羅《まんだら》（諸仏菩薩の集会の図。心理的宇宙図）や祖師像を描かせ、あるいは経典を写経生に筆写させ、また仏具師に法具を新鋳させて空海に与える。そして全責任を果たしたとみるや十二月には入滅してしまう。恵果は、法の継承者を待って、己の寿命を延ばしていたかのようである。

空海は国家から課せられた二十年の留学期間を正味二年で勝手に切り上げ帰国してしまう。この帰還は、次回の遣唐使節が入唐したのが、空海没後のことであり、他に渡航手段がない当時のことを考えると結果として大英断であり、天祐といってよいことであった。九州に着いたが違約者である彼は京に入れず、足掛け四年の間、大宰府にとどまらざるをえなかった。この時期は彼の苦渋の時であったか、あるいは確信者空海は悠々としていたか、あるいは、あまりにも急速だった法の伝授の熟成期間であったのだろうか。空海が京に戻れるよう計らったのは最澄であったらしい。その後、最澄は空海から灌頂を受ける。つまり最澄は密教における空海の弟子になる。この事実は空海が平安仏教の最重要者であることを世に知らしめたようなものである。やがて両者の思想、主張の違いが明瞭となって、喧嘩別れのようにして分かれるのであるが、それまでの最澄、空海は子弟の枠を超えて盟友と呼ぶに相応しかった。

空海が入唐したのは、奈良時代が終わり平安時代に入って間もなくの頃である。桓武天皇の次の平城天皇は凡愚な方であった。宗教界及び空海にとって幸運だったのは平城天皇がすぐに亡くなり、聡明で文化志向の強い嵯峨天皇が即位したことである。即位したての嵯峨天皇は希望に燃え、中国の新しい文化情報を求めていた。天皇の信任を得た空海は国王守護型の護国仏教を全面的に喧伝する。このあたりの流れは、時代があるいは天が空海の味方をしたがごとくである。

嵯峨天皇に気に入られた空海は、その後、彼の希望通り高野山の地が与えられ、また東寺が与えられる。

この当時、世に受け入れられる近道は、というより必須要件は天皇に認められ、その庇護を受けることであった。嵯峨天皇は新しい仏教「密教」に大いに魅せられる。

実は最澄が空海に近づき、彼の弟子になったのにはこのことが大いに関係していると思われる。入唐した最澄は一応密教も仕入れてはきたのだが、それは彼の入唐目的の第一ではなかったし、また彼が持ち帰った密教も完全なものでもなかった。空海に比べれば先見性に乏しい最澄も、帰国後の密教隆盛の状況下において空海が持ち帰った正統密教を無視しえなかった。たぶん密教を無視することは時代から置き去りになることを意味した。本来なら日本天台宗の開祖たる最澄は密教と無縁でいて、その孤高さを示していたほうがよかったと私などは考える。しかし時代が、それを許さなかった。最澄としては不本意ながら空海に近づき空海の門に入ったのだろう。実は、密教はすべての仏教諸宗を包括して、その最高位にあるとする空海の視点と、密教も法華(天台宗)も同じで優劣などないとする最澄の考えには、はじめから一致点などなかったのである。

実は空海の入唐時、中国における密教は、既にその最盛期を過ぎていた。恵果の先代の不空三蔵の時こそ玄宗などの皇帝に重用されて中国密教の盛期であった。空海入唐時、唐密教の正統はまさに終焉を迎えようとしていたのである。事実、空海帰国後に中国密教は衰微し、やがて消滅してしまう。反対に日本に将来された密教は大いに栄える。ただし不思議なのは、次の時代に至って興隆するのは最澄の天台宗の方であった。鎌倉時代の新興仏教の教祖たち（浄土宗の法然、浄土真宗の親鸞、臨済宗の栄西、曹洞宗の道元、法華宗の日蓮）は、みな延暦寺の修行者、つまり天台宗に学んだ僧らである。鎌倉仏教は天台宗の分流である。対する密教は、空海が、何から何までを己れ一人で完成させてしまおうとする型の天才で、その後に弟子たちが創意を加える余地を残さなかった。空海以降この門から傑出した人間は出なかったとしてよい。かろうじて鎌倉時代に高野山を追われて根来寺に逃れた覚鑁《かくばん》だけが個性ある宗教者であった。彼は阿弥陀は本質的に大日如来（密教の本尊）と同一であると説く真義真言宗を樹立する。

真言密教（日本密教）は東洋では珍しい個人崇拝型の宗教である。信者は「南無大師遍照金剛《へんじょうこんごう》」（空海に帰依奉る）と唱える。西洋の一神教に似ている。後年、多くの高野聖《こうやひじり》（半僧半俗のままで廻国して、霊場高野山を説く者）が輩出する。彼らは全国を行脚《あんぎゃ》して入定信仰《にゅうじょうしんこう》（空海がいまもなお高野山奥之院の御廟内に生き身のままおわして、人々を救済し続けているという信仰）を広める。

思うに密教は仏教から生まれたかもしれないが、呪術を中心に据えた独自宗教と考えたほうがよい。密教は、ある意味では加持祈祷（国家鎮護、雨ごい、病気平癒）の宗教である。密教は他の仏教と基本的には交わらない存在なのではないのか。空海は、彼の天才をもって密教の元に他の仏教諸派を従える理論を構築する。これは、もしかしたら大変な力技なのだ。

また、密教は常に頂点に呪術的な天才を必要とする宗教である。自ら（密教自体が）教義を進化発展したいと望んでいる宗教ではない。空海が理論化してしまった後は、空海に続く一人の呪術者さえいればよいのだ。だいたい空海の先先代の不空、先代の恵果、そして空海は卓越した呪術的天才であった。雨乞いをして雨を降らせ、病気平癒を祈って病者を癒した。しかし彼らのような呪術的天才が、そう後に続出するはずがない。

密教にもう一つ欠かせない要件は、密教を庇護してくれる強力な王権を必要とすることである。この宗教は、強力な王権と対になって繁栄する宗教なのである。密教は民衆の救いにもなったかもしれないが、より以上に国を守り、繁栄させる宗教なのである。そこで強力な権力がなくなると衰退せねばならない。日本では純粋に庶民のための宗教が現れるのは、もう少し後の時代（空也が現れる平安中期）になってからである。

加持祈祷に関連して空海の念の強さということも強力に感じないわけにはゆかない。念の強さといっても我利を通す力ではない。彼の場合は宇宙と一体になり、如来の絶対の力を借りて此界《しかい》に力を及ぼすことだろう。彼は、たぶん生まれながらにそういう能力を備えていた。そして修行と信仰によって、それを拡充させ深化させた。結果、彼の人生はなんとうまくゆくのでしょうという具合に展開する。空海の人生は自らプログラムを作り、その通りに実現させた人生であったといえる。もちろん空海の偉業は一つの目標を定め、わき目も降らず努力した結果である。繰り返しになるが、中国に渡る以前に山岳修業により密教受容の精神基盤を作り、さらに密教経典に接して、己のうちに密教世界をあらかじめ構築してしまった。恵果は一目で、それを見抜いたのである。さらに入唐以前に中国語をマスターし、中国に渡ると、恵果に会うに先立って梵字、梵語をマスターする。そこには精神的にも頭脳的にも突出した人間が一つの目的のために恐ろしい執念をもって奮闘努力した姿が窺える。

空海は若い時分に「私は名誉や財産に対する欲望がなくなった」という意味のことを言っている。それは事実であろう。だが、この人は極めて派手派手しい内実を備えていたはずである。伊達者ぶりを本質とする人間が、ひたすら無心な仏者を目指したという基本骨格がうかがえる。それでこの人の人生は平穏無事なものでも、行雲流水でも、日々是好日でもない。才気渙発であり、波乱万丈であり、そしてまるで千両役者が大見えを切るのを見るようなのである。

空海が若い時に密教に注目したのには、もちろん彼の個性に合った教義、実践哲学であったためもあろうが、実は彼が、これからは密教の時代であることを独自の嗅覚で敏感に感じ取ったためと考えられる。実は広くアジア仏教史において八、九世紀は密教の時代であった。このころインド大乗仏教は密教の最盛期を迎え、それは東南アジア全域に、そしてヒマラヤを超えてチベットに、さらに中国に広まっていた。彼は時代を看取する先見性を備えていた。もちろんそれは宗教者に限らず、すべての、時代に乗じて栄える者が備えているべき性格である。空海という人はただ無心で素直で真剣なだけの人間ではなかった。これは、悪くとらえれば山師的性格である。空海と並ぶ、もう一方の雄最澄は、もっと純粋で素直な人柄で、時代に感じて、あるいは乗じて動く類の人ではなかったと考えられる。

空海の伝記物語は、おおむね彼自身が書き記したことによって成り立っている。いささか自作自演の感が強い。捉えようによっては彼は自己吹聴の人である。いずれにしても自己顕示型の人間であったろう。まあ、華々しい業績を残した人というのは概して、こういうものなのである。以上は悪く見た場合であって、実は彼は己の人生を目覚ましいものに語りうる筆力を備えていた。筆力というのも正確な言い方でないであろう。彼の文章には読む人を魅了せずにはおかない詩魂が宿っている。空海は古今に超絶する詩人なのである。左にいくつか例を挙げよう。

まずは「請来目録《しょうらいもくろく》」(帰国報告書というべき上表文)に書かれた入唐時の恵果和尚との出会いの場面である。

空海の来坊を(百年の知己がやってくるのを)、今や遅しとばかりに待ち続けていた

恵果は空海を見るや、

「和尚たちまちに見て笑《えみ》を含み、喜歓して告げていわく。我れ先より汝が来たることを知りて相待つこと久し。今日相見ること大いに好し。大いに好し。報命つきなんと欲すれども、付法に人なし（私の寿命も尽きようとしているのに、法を授けて伝えさせる人がまだいない）、必ず須《すべから》く速やかに香花を弁じて灌頂壇《かんじょうだん》に入るべし」

空海は何と劇的に書くことか。実に天性の詩人である。そして空海に法を授け終わった恵果は、

「早く郷国に帰って国家にたてまつり、天下に流布《るふ》して蒼生《そうせい》（人びと）の福を増せ。しかれば四海泰《やす》く、万人楽しまん」

と告げたと記している。

高野

以下は空海が撰した恵果和尚の碑の一文（空海の漢詩文集『性霊集《しょうりょうしゅう》』所載）。

「弟子空海、桑梓《そうし》（故郷）を顧みれば東海の東、行季《こうり》を想えば難が中の難なり。波濤万々たり、雲山幾千ぞ。来《きた》ること我が力にあらず、帰らんこと我が志にあらず」

「虚しく住《ゆ》いて実《み》ちて帰る」（手ぶらで出かけて、たくさんの重要なものを持ち帰る）（出典同前）

「虚空《こくう》尽き、衆生《しゅじょう》尽き、涅槃《ねはん》尽きなば、わが願いも尽きなん」（宇宙がなくなり、人間が一人もいなくなり、悟りの世界がなくなってしまうまで、私の願いが尽きることはない）——万燈会願文の一節（『性霊集』）

「四生《ししょう》の盲者は盲なることを識《さと》らず（眼の見えない者にもひとしい生きとし生けるものは、自分が眼の見えない者であることに気づかない）」「（われわれは）生まれ生まれ生まれ生まれて生《しょう》の始めに暗く（生の始まりは判然としない）」「死に死に死に死にて死の終わりに冥《くら》し（死の終わりは判然としない）」（『秘蔵宝鑰《ひぞうほうやく》』）

空海は「即身成仏（現世においてこの肉身のままで最高の宗教的人格を完成するの意。この身のまま仏となる）の実現を目指す実践体系こそ密教である」とした。即身成仏――これは空海の造語ではないようだが、実に素晴らしい響きがある。

思うに空海の理論の偉大さは、それまで際限なく細分化されてきた大乗仏教を全て密教に包み込み一つに統一したこと（『十住心論』）。そして、それまでの諸仏教が現世に幾たびか生まれかわって限りなく長い期間にわたって修行しなければ成仏できないとしたのに対して、現世に即身に成仏できるのだ（即身成仏義）とした点であろう。

（空海に関するデータは渡辺照宏、宮坂宥勝両碩学の著作によった。また『空海コレクション』１・２、ちくま学芸文庫を参照した）。

徳川家康

徳川家康は天下を取るという一つの目的のために長い人生を費やした人である。本当に実直に一つの目的に沿って生きた。一生とは言わないまでも、後半生は、確かにそうであった。

家康は、熟柿が落ちてくるのを待つようなやり方を通し、決して無理をしない人であった（秀吉が死ぬまでは）。しかしそれは彼の性格や、境遇から得た教訓のせいばかりではないと考える。そうせざるをえなかったのである。彼は、与えられた境遇によく耐えうる人であった。

信長が横死した時（一五八二年）、あとを狙ったのは信長の家臣であった秀吉と、織田家の元老柴田勝家と、信長の盟友であった徳川家康である。家康の内で天下を取る気持ちが不動のものになったのは、きっとこの時だろう（家康四十歳）。信長の死によって突然天下を手にできる可能性が生じたのである。秀吉は賤が嶽の戦いで勝家を破り、越前北ノ荘に攻め滅ぼすが、次いで家康と戦っても勝負が着かない（小牧・長久手の戦い）。それで家康の重臣らを引き抜くような画策をした後、拝みたおすようにして家康を従わせる。つまり妹を家康の妻とし、家康の上洛に当たってはその母を人質として差し出した。上洛した家康は満座の大名の前で秀吉に恭順の意を示し、引き換えに天下第二の席次を得る。つまりこの時、秀吉の次は家康という暗黙の了解ができ上る。しかし十数年後に秀吉の死期が迫っても、秀吉はわが子秀頼可愛さのあまり、禅譲しようとしない。それどころか家康に「秀頼のこと、頼みまいらせる」と涙ながらに頼み、起誓文まで書かせている。戦国の世では、こういう訴えや約束が通用するはずがない。流れに従うことをモットーにしてきた家康も、秀吉の死をもって俄然その本性をむき出しにする。邪魔者がなくなった今、天下を狙うのであれば、じっとしていられるはずがない。

徳富蘇峰に次の評がある。

「秀吉は家康の如く隠忍自重、時を待つ人に非ず、自ら選んで時の流れを啓発した。此の為に彼の活力は若年の頃から消耗され、酷使され、乱費された。彼の前半生の心労が彼の死を早めた事は云ふまでもない。家康は長命し、大業を完結して去った」(『要約近世日本国民史』)

と。この伝からすると信長は、無理をしたどころではない、慣習、伝統を破壊しつつ突貫した。彼の横死は彼自ら呼び込んだものと考えられる。

実は信長、秀吉、家康の三人は生まれた順ではあるが、それほどの歳の差があるわけではない。生まれ年はそれぞれ一五三四、一五三六、一五四二年である。ただし死んだ年齢はそれぞれ四十九、六十三、七十五歳で信長、秀吉、家康の順に早世している。秀吉が死んだとき家康は五十六歳になっている。もう後がない。天下を取るという生涯の目的のためなら、遠慮などしていられない。彼はすでに十六年間も待っていたのだ。秀吉の死の二年後には関ケ原の戦いで三成を下し、その三年後に征夷大将軍となり、江戸幕府を開く。その後は、下手《したで》に出ていると調子に乗っている淀君が臣下の礼を取らない。もう、関が原で決着が付いているのだから、常識的には、ここで臣下に下らねばならないところであった。そうしない限り豊臣家にとって悲惨な最期が待つばかりである。時代は戦国時代なのである。大坂の陣は戦争ではない。あれは愚者が選んだ自滅行為である。大坂城は、まるで後年の戦艦大和のようであった。家康は大坂の役の決着がつくと、その翌年に死ぬ。目的達成、目出度し目出度しである。家康長い長い天下取りの人生であった。

家康を考えると思う、晩成する者は、焦らず、そしてよく耐えるより仕方がないのである。

夭折の作家たち

作家中島敦は生前、短編『山月記』、創作集『光と風と夢』『南島譚』を発表するだけで三十三歳で死んでいる。死後『李陵』『弟子』等の名短編が世に出る。残された作品全てというわけではないが、私は彼の作品がものすごく好きである。いずれも「生まれた人間が、この世でやるべきこと」をテーマにしている。私が興味を持ち、本論考のテーマとしているところに重なっている。それを如実に現しているのが『山月記』と『李陵』であろう。『山月記』は唐代の伝奇「人虎伝」を下敷きにしている。主人公は若くして官吏登用試験に合格するが、下吏になって俗悪な大官に膝を屈しているより、詩人としての名を死後百年に残そうという大望を抱き、官を退いてしまう。しかし文名は容易に上がらず、生活は日を追って苦しくなる。主人公李徴の詩について中島は、「第一流の作品となるには微妙な点で欠けるところがある」と言う。本人自身も自分が珠《たま》でないことを恐れて、あえて刻苦して磨こうとせず、それでも自分が珠であることを半ば信じるがゆえに瓦に伍することもできない。そして、ある時ついに発狂して虎になってしまう。あとは人を襲い食らって生きるのである。私としては愕然とさせられる小説である。私も長い人生を主人公のような思いをもって生きてきた。ただし、人生を諦めきれずに、生きながらえ、今となっては逃げ切りセーフといったところである（実際には単に馬齢を重ねただけ）。この主人公のように虎になる危険は常にあったのだ。知人には、虎に成ってしまった（現実としては悶死してしまった）奴も幾人かいる。『山月記』は短い小説ながら恐ろしいことが書いてある。中島敦は夭折したが、主人公と同じ思いをもって生き切ったのである。そして彼は小説の主人公と違って百年後に残る詩名を実現させた。『李陵』も宮刑の屈辱にあって死にきれず『史記』を書きあげた司馬遷にまつわる話である。こちらの主人公司馬遷は中島敦と同じく成功者である。中島には持病の喘息があり、自分の夭折が分かっていた。夭折の予感が彼の創作の主題とエネルギーであった。そうでないと、彼が書いたような小説は書けないのだと思う。例えば長寿した（八十二歳で没した）内田百閒は汽車に乗るのが好きで、弟子をお供になんとはなしに東海道線に乗り込み、夜になったので大阪駅で降りて一泊し、翌日また汽車に乗って東京に帰ってくる（それをエッセイにしている）。こんなことは長寿の予感がなかったらやってはいられない。人は予感される自分の寿命に従って計画し生きるものだと考える。中島敦に長い命が与えられたら、初期の傑作ほどの多くの傑作をものしたかというと、そこのところは保証できない。案外駄作を並べたかもしれないのである。彼は短い人生で彼を表現しつくしたのではないかと、私は何とはなしに考えるのである。

天折の作家の作品には独自の緊迫感があるように思う。顕著なのは樋口一葉であろう。夭折しているので当然ながら、みな短編である。そして、『にごりえ』『十三夜』『たけくらべ』『大つごもり』等の代表作品には皆独自な彩がある。中島敦のように一つのテーマで押し通したという印象とは違う。だからこの人が、もし長生したら、どんな大作が生まれたろうかと思わざるを得ない。本当に才能豊かな人だったのだ。『にごりえ』から受ける戦慄は、種類は異にしていながら『山月記』から受けるところとよく似ている。こちらは人生が持つ本然の深刻さである。

国木田独歩も若くして死んだ。どれを読んでも冗長さや無駄とは無縁な作品群である。梶井基次郎も「檸檬」をはじめとして数編読んだだけだが、緊迫感がよい。彼は三十歳で初めて原稿料をもらい三十一歳で死んでいる。

以上、自ら構想し、追及し、実現した才人たちである。我々凡人とは違うが、この構想し、追及し、実現するのは才人も凡人も変わらない人生の骨格であると考える。

III　心域の地球モデル

私は私自身の考えに基づいて日々行動し生活していると思っているが、実は私が属する組織や地域や社会の慣習、風潮、規約、流行等に影響され、あるいは規制されて生活している。私が独自に考え、そして決定し、行動している部分というのは意外に小さいのではないか。

さて、我々は地球上に生きているが、地球の内部について普段ほとんど意識していない。しかし我々が馴染み親しむ地球表面を形づくっている力は実は地球内部にこそ存している。

地球というのは卵に似た構造をもっている。一番中心に黄身に相当する核があり、その周りに白身に相当するマントルがあり、それを卵の殻のような地殻が覆い、その上に陸や海が乗っている。陸地の凹凸を作る元凶はマントルの対流である（マントルは固体であるが、地球の内部熱によってわずかずつ動いているのである。地形の形成には、もちろん太陽や水や、空気の存在や地球の自転が大いにあずかっているが、ここでは考えないことにする)。

かつて(約三億年前)地球上の大陸といえば一つの巨大大陸「パンゲア」しかなかった。それがマントル対流によって各大陸に分かれていった。プレート(マントルの最上部と地殻が一体となった岩盤)がマントルの対流に乗って移動した結果である。さて、プレート同士がぶつかり合うところでは、一方のプレートが相手プレート下に潜り込みながら押し上げるので、大山脈を作る。ヒマラヤ山脈はインドプレートとユーラシアプレートの衝突によってできたものである。また日本では海洋プレートが陸のプレートに衝突して沈み込むために岩盤同士が互いに動いて地震を発生させる。さらに海洋プレートから分離された水がマントルの融点を下げる結果、マントルの一部が液化してマグマを発生させ、多くの火山をつくる。

我々は目に見えないところについては意識しないようにできている。毎日の生活が忙しいので、見えないところまで意識していられないのである。しかし基本的なことを考える場合には、見えないところこそが重要である。

私が考えるところ、人間の総体も地球の内部構造に似ている。我々個々人を一個の火山と考えよう。現実の火山が地球内部に連なっているように、我々も一つの心域に連なっている。心域は地球でいえばマントルである。心域の最も深いところには人類に共通する普遍精神といったものがある（これは地球における核に相当する）。人間は地表においては個々別々になっているが、心域において繋がっているので、互いに意思疎通ができ、また、基本的な価値観を共有する。私が美しいとしたことを隣人が醜いとすることはめったになく、政治的判断を別にすれば私がよいとしたことを隣人がまずいとすることもほとんどない。時代の雰囲気や機運や流行は、この心域における風であり流れであり、うねりである。みなが万歳と言って勝算無き戦争に突入したのも、痛めつけられたドイツで狂気のヒトラーが台頭したのも、この流れの仕業である。こういう好ましくない歴史に対しては、一時期が過ぎれば総反省である。行き過ぎは常に是正される。人間界においては妥当な復讐も了承される。正義が共有されているのである。忠臣蔵は歓迎され、桜田門外の変もうやむやになって幕引きが図られる。悪者が殺される芝居を、暴力的でよろしくないと非難する観客はいない。悪代官も悪徳商人も当然のこととしてお縄となり、打ち首獄門も大いに喝采されるところである。

また、心域には民族意識、信仰、伝統、歴史等が包含されている。妖精や河童などの妖怪もここの住人に違いない（つまり各人は地域独自の意識を共有している。妖怪等は現実存在でなく、心的存在だと考える。ただし偶に可視化することがあるらしい）。心域において既に確定的となった事柄は予感しうる。また近親者や意識し合う人間同士間には常に心の交流がある。

地上で絵が描かれるに先立って画家の心に画想が成らねばならない。構築物だと、施主や、公官庁が計画を立て、敷地が用意され、図面が引かれ、それに従って予算取りされ、業者が確定されねばならない。構築物が建ち上がるまでは実際に目にすることができないが、実は現実化のずっと以前に心域において出来上がっているのである。構築物の場合は完成まで秘密にされることはないが、クーデターや暗殺計画なら隠されていよう。ましてや、天変地異や航空事故、海難事故なら知るよしもない。しかし、地震や火山噴火は実際に起こるずっと以前に地球内部で用意されているだろうし、タイタニック号が氷山に衝突したのは百％偶然だとは言えないだろう。多分、可能性は十分にあったのだ。芽はできていた。そしてこの件に関する限り、造船者や海運業者の「不沈艦」という誤った思い込みが大惨事に繋がった。自分の身に関わることであったり、あるいは部外者であっても優れた感覚を備えた人なら、大事件や大事故を、現実に先立って察知しうるに違いない。彼は心界における動きを感じるのだ。それはマントルの動きを知って、やがて地表に起こる災害を指摘するようなことだと考える。十八世紀のスウェーデンの巨人スウェデンボルグはそういう人であった。彼はゴッテンブルグの知人の家にいた時にストックホルムの大火を透視し、この惨事の模様を詳細に語った。これはドイツの哲学者カントが記録しているところなので疑いようがない。さらにスウェーデンボルグは自分が死ぬ日も予言している。タイタニック号の遭難時には多くの予知が報告されている。コリン・ウィルソンの著書によると、一九一二年四月にタイタニック号が出港する十日前、乗船を予約していたJ・コノン・ミドルトンという人が、外洋客船が沈没する夢を二度見た。胸騒ぎがしていたところ、出席予定の会議がキャンセルになったので乗船することなく助かった。コリン・マクドナルドという海洋技師は、嫌な予感がしたので乗船を取りやめた。マクドナルドの代わりに仕事を引き受けた男は遭難した。次は人口に膾炙《かいしゃ》した話であるが、大惨事の十四年前に『タイタン号遭難』という小説が出版された。それは状況から船の規模までタイタニック号の遭難ときわめて似ていた。著者のモーガン・ロバートソンは「半自動的」作家であった。「書き始めると誰か他人が乗り移る感じ」とかねがね述懐していた。次もかなり知られている話である。F・エドワーズの著書によれば、一九一二年の四月十日の夕方、カナダのウィニペグの教会のチャールス・モーガン牧師が腰掛けてうとうとしている時に同じ夢——逆巻く水の音、興奮した激しい人の声に混じって、もう長いあいだ耳にしたことのない古い賛美歌が聞こえてくるという夢——を繰り返してみた。その夜、いつもの礼拝の締めくくりに、参列者に夢の話をして、夢で聞こえてきた賛美歌を皆で歌った。歌詞は「聞き給え、父よ。海に死ぬもののためにわれら祈るを……」というのであった。タイタニック号が沈没したのは、この讃美歌が合唱されたのと同時刻であった。以上のような予感や感知は大災害時に限らないのだと思う。我々は意識しないながら、通常時においても、そういう感知をしつつ人生をやっているのだと思う。

ドライバーは予知しながら運転している。そして危険を避ける。
車の運転に限らない、人間は常に予知しながら生きている。
それで望むものに出会い、望まないものを遠ざける。

しかして人は日々、自分好みの人生を自ら作っている。

IV　隧道と桃源郷

　私は隧道《ずいどう》（トンネル）を見ると嬉しくなる。ただし条件がある。入り口から出口が見えないような長い隧道は嫌いだ。また、コンクリートで被覆されていたり、タイルで化粧されているようではまずい。野天掘でノミ跡が見えていなくてはいけない。つまり、私が好きなのは、ここに穴を穿《うが》てばずいぶんと便利になるというので、村人総出でこさえたような原始的な隧道である。

　外房の海沿いの道を車でゆくと勝浦から鴨川にかけてのあたりで、いくつもの隧道を通る。ここらは岩山が海に張り出しているのである。行川アイランドの先に「おせん転がし」という名所（かつての難所。切り立った崖である）があって、おせんという孝行娘がこの崖の上で草を刈っているうちに突風にあおられて海に転落したという。転落してはたまらない、こういうところは早速隧道を作らなくてはいけない。

　ハイキング道に隧道があって嬉しくなるのは房総半島内陸の養老渓谷である。ずっと以前になるが、私は写真を撮るために養老渓谷のハイキング道を歩いていた（私は三十代中ごろより風景写真撮影に凝りだし、これまでにその成果を六冊の私家版写真集にまとめている。この日もよい被写体を求めて歩いていた）。そこでハイキング道の曲がるべき道を、曲がらずに直進してしまったのである。そして目にしたのが、わが前方に短い隧道が二つ続く写真の光景である。なんと造形的な風景であろうか。私は驚喜し（以前からこういう光景に出会いたかったのだと）、さっそく三脚を立てると何枚も写真を撮った。写真を撮り終えると、怪しみながらも、さらに先に進んだ。するとうまい具合に、杉林の下草を刈っている人がいたので尋ね、私が道を間違えているのを知らされて引き返したのであった。私は道を間違えたお陰で喜ばしい被写体に行き会うことができた。そして、地理学者の鈴木秀夫氏が『森林の思考・砂漠の思考』で「砂漠では方向を間違えれば即座に死であるが、森林においては道を間違えると桃源郷に出る」といった趣旨のことを書いているのを思い出した。

実はその後、私は、あの道をそのまま進むとどこに出るのだろうと、なんとなく気になっていた。それで、それから十数年も経ってからだが、養老渓谷温泉の温泉宿に泊まった翌朝、宿の主人にこの道を説明して、車で進むことができるかどうかを尋ね

養老渓谷の道

た。そうすると可能だというので、さっそく進入を試みた。私は山深いところに踏み入るとばかり思っていたが、実は森はすぐに終わって田んぼになったのはよいのだが、車一台がようやく通れる畦道で、稲の穂が車の両脇を擦る。それは私が今までに走った一番細い道であった。まさか対向車は来まいと思いながら進めるうちに久留里に向かう国道に出た。

さて次に、隧道に関連した話である。養老渓谷には「川廻《かわまわ》し」と呼ばれる不思議な地形創作法がある。実は川廻しによる人工地形は養老渓谷だけでなく、ここを中心とした房総丘陵一帯に沢山ある。ただし他県にはほとんど見られない。東京湾に流れ込む養老川、小櫃川、小糸川、太平洋に流れ込む夷隅川は、その上流で房総丘陵を激しく浸食し、また流れはのたうっている。昔（江戸初期より明治にかけて）、人々は蛇行する川のU字部分を隔てる崖に穴を穿ち（あるいは崖を崩し）流れを短絡するバイパスを作って、水が流れなくなったU字部分（三日月湖みたいなところだ）の河床を水田にした。つまりこれが川廻しで、農地に恵まれない山間部の農民がせっぱつまって発明した新田開発法なのである。ただし、この地形はよそ者が見て分かるものではない。

ここがそうだと聞かされて、はじめて納得する類のものである。養老渓谷の名所「弘文洞」はその跡とのこと。だから川廻しの里の人々にとっては道に隧道を作ることなどお手のものなのである。

桃源郷――東洋の理想郷――は隧道をくぐった先にあることになっている。私が隧道にロマンを感じるのは、そういう刷り込みが生まれながらになされているためと思われる。桃源郷を具体的に示したのは晋代の詩人陶淵明（『桃花源記』）である。ある漁師が谷川をさかのぼり、桃花の咲き乱れる林の奥の洞穴をくぐって行くと、秦代の戦乱を避けてこの山奥に移った人々の子孫がこのうえなく平和に暮らしていて彼は歓待される。そして帰ってから再び訪れようとしたが遂にたどり着くことができなかった。彼はなぜたどり着けなかったのか――つまりそうした桃源郷は、この現実世界には（あるいは文明社会――原初の心を亡くした社会――には）存在しないのだ。桃源郷を実現するには、まず人間自身が桃源郷の住人にふさわしい心根にならねばならない。我々はもっと無心にならねばならない。我々は心を邪念で満たしているので、現実世界では人間同士の争いが絶えない。家庭内の諍《いさか》い、近隣でのもめ事、職場内での葛藤、そして大規模になると戦争である。加えて、食べてゆくための果てしない闘争。自然災害の襲来。どうもおかしい、どこかに理想郷があるはずだ。そういう憧れが桃源郷を仮想した。桃源郷は人間の「原初の光景」への限りない希求といえるだろう。

私が養老渓谷が好きなのは、なにかそこに桃源郷のイメージを感じるためだと思う。その具体的な装置（大道具）が、渓流と、砂質凝灰岩の崖と、そこに空けられた隧道である。

養老渓谷を語った序に、この地に住むと思われる隠者について書こう。

私は、小学校の写生大会で先生に引率されて初めてこの地を訪れた。もう半世紀以上も前のことである。ＪＲと小湊鐵道を乗り継いで養老渓谷駅で降り、行列をつくってハイキングコースを進み、やがて渓底に出て流れに沿って歩いた。次に崖上に至ると対岸に向かって皆で「ヤッホー」と叫んだ。私はその時、何と佳いところだろう、僕は将来ここに別荘を建てて住みたいと思った。結局、別荘は建てなかったが、私は後年ここの鉱泉宿によく泊まりに来るようになる。土曜日の午後、ここに来て渓谷を歩き、宿に至ると鉱泉に入り、酒を呑んで眠った。そういうことで十幾つあるこの地の宿のあらかたは泊まっている。車を利用すれば自宅からここまで一時間と少しだろう。まあ、近いから来るというのでなく、ここが好きなのと、子供の時の、ここに留《とど》まりたいという想いが具象化しているのだと思う。

さて、養老渓谷というのは三地域に分けられる。一つは、鉱泉宿が集まっていて中瀬遊歩道がある地域である（一般に養老渓谷と言っているのは、この地域である。私が小学生のときに訪れたのもここである）。もう一つは、この四キロほど上流（東）の水月寺の下から川に沿って粟又の滝までの二・五キロほどを遡る「滝巡り遊歩道」地域である。そしてもう一つは養老川とは別系統の流れ（養老渓谷駅付近で養老川に合流）の上流部――月ヶ瀬渓谷である。

ここで話題にするのは、この第三番目の月ヶ瀬渓谷での出来事である。前書きが長くなったが、語るべきことが、もう一つある。

昔、というのは明治時代の初めであるが、この月ヶ瀬渓谷の最奥に日高誠実という隠者が住んでいた。平成の代になってまで大福山（この渓谷の上）の頂上に顕彰碑が建てられるほどの当地での名士ではあるが、一般的にはまったく無名者で百科事典等にも載っていない。碑文によって略歴を記すと、元高鍋藩（宮崎県）の藩校の教授で、明治になって陸軍大尉となり、職を辞してからはこの地に住んで、梅ヶ瀬と名付けて理想郷作りを目指した。梅、果樹、花木、杉を植林し、養魚場を作った。詩文、和歌、俳句、書画に通じ、書塾「梅が瀬書堂」を開き、宿舎には一時八十名に及ぶ師弟を収容したという。

さて、いよいよ本題である。

例によって土曜の夜、養老渓谷温泉に泊まった。この地は度々訪れるので、近頃は特に渓谷散策はしない。ただ、泊まって酒を呑むことを目的に来ている。急に電話して泊まれて、料金が安いことを条件にすると、一番利用しているのは天龍荘であろう(料金はここより高くなるが粟又の滝の上にある滝見苑もよく利用している。実は「喜代元」が好きな宿なのだが、ここは一人客を泊めたがらない。喜代元の命名者は日高誠実だそうである)。天龍荘は決して上等な宿ではない。いかにも田舎の鉱泉宿である。たびたび来るのでおばさんとは顔見知りになり、偶に行くと「お元気でしたか」などと挨拶される。ここは海にも近いはずだが、この宿の夕食には海のものは出ない。野菜と山菜が主である。魚は鮎の塩焼きだけ。いつも必ずスキ焼きの小鍋が付く。この日は季節がらタケノコがいろいろ料理されて出る。ここ（大多喜）はタケノコの産地として有名である。

湯が異常に温まる。ねっとりした黒い湯である。私は各所の鉱泉に入っているが、こんな癖のある湯は他に知らない。本日はおばさんに顔がそっくりな息子氏が布団を敷きにくる。

翌朝、大座敷で朝食。床の間に漢詩の額が掛けてある。詩の作者は明代第一の詩人とされる光啓である。

「水を渡り、また、水を渡る。花を看《み》、また花を看る。春風、江上の路。おもわず君が家に至る」

この詩は、養老渓谷のハイキングコースの風景にそっくりなので、ここに掲げられているのだろう。しかし、この風景は梅ヶ瀬渓谷の風景に、さらに合致している。細い渓流をジグザグに渡って行くように路が付けられている。そして、歩行一時間半、日高誠実の旧居跡に至る（ここが終点である。登山が嫌でなかったら、ここから大福山に上って帰ることができる）。この額を見ていて、久しぶりに梅ヶ瀬渓谷をちょっと歩いてみようかと思う。前述のように、近頃ここに泊まってもこの辺りを歩くことがない。ここに泊まった翌日はたいてい山を越えて外房に出、海沿いに半島を一周して帰るのである。

梅ヶ瀬渓谷手前の駐車場(広い空き地)に至ると、止まっている車は二台だけである。今は全然観光時期ではないのだ。シーズン中(特に秋である)はこの駐車場は満杯になる。渓谷は行って戻ると二時間半ほどかかる。本日、急に思い付いてやって来た私はそんなに歩くつもりはない。実は、このハイキングコースは岩の壁間の狭路を行くのだが、三十分ばかり進んだところが開けた湿地になっている。今はそこに時節がら花菖蒲の一本も咲いている可能性がある。菖蒲園の菖蒲は見飽きているので、自生の菖蒲を見たいと思い、その湿地まで行って引き返そうと思う。川の流れを渡る時は、大きめのゴロタ石を足場に沢渡りするのだが、私は最初の渡り場で既に片足を水没させてしまった(運動神経が生まれながらによくない)。おまけに今日の履き物は、(足首を固定するようにした)洋風サンダルである。先ほど行き会ったカメラマン氏は山登りの完全装備で登山靴を履いていた。往路で行き会った人がもう一人いる。二十そこそこの青年で岩の壁に向かって何か手帳に書き付けている。何か調査している様子である。

私が目指した広場には菖蒲など無かった。一面に葦が生い茂っているだけである。それで引き返す。帰りに、先ほどの青年に行き会う。「何か調査ですか」と私としては珍しく声を掛ける。青年「今日は銀行に来たのです」。ムム、山中で銀行とは？これは、いよいよ山奥に住む隠者か、あるいは隠者の弟子であろう。いくら隠れ住んでいるとはいえ、やはりお金が必要なので今日は銀行にお金を下ろしにいった帰りと勝手に解釈する。昔、隠者にはだいたい少年の弟子がいて牛の背で笛を吹きながら人里間を往来したものだ。ここでは牛も自転車も無理なので、この青年は歩いているのだ。そこで私「どちらにお住まいですか」。「幕張です」（ムム、「この渓の奥です」という答えを期待したが、幕張は我が家に近いところだ）。「して、銀行というのは？」「ああ、句を作っているのです」「ああ、吟行……。どうぞ、お気を付けて」。私は青年に別れて歩き出す。

帰路をしばらく行くと竹林の路になる（もちろん来る時も通った）。このあたりは路にタケノコがにょきにょき生えている（散歩する者がほとんどいないのだ）。リュックを背負ったおじさんが道脇のタケノコをポキポキ折って収穫している。「これ食べられるのですか？」「ええ食べられます。布袋竹というのです」。業平竹の少し立派な奴である。「路に沢山生えていますねえ」「あっ、それは食べられません。踏みつけられていますから」。私は丁度よいほど歩き、もとの駐車場に戻った。

渓谷で隠者の弟子に会ったというお粗末な話であった。錯覚の発端は偉大な日高誠実である。

なお、「チバニアン（約七七万四千年～一二万九千年前の地質時代）」の認定（令和二年一月）につながった地磁気逆転の痕跡を残す地層は「養老渓谷地域」の僅かな下流に当たる。この辺りの養老川沿いのどこにでも見られるような崖である。

V 『西遊記』の宇宙論

私は、二十代の初めのころ『西遊記』を読んで、これは偉大な宇宙の物語だと思った。

『西遊記』の骨となる歴史事実は、中国の唐時代の僧玄奘三蔵《げんじょうさんぞう》がインドに旅し、あまたの経典を持ち帰り、それを漢訳した偉業である。ちなみに日本人が親しんでいる「般若心経」は玄奘訳である。中国の人々は、この事績をもとに西遊記の物語を作る。ただし主人公は三蔵でなくして、猿の孫悟空である。そしてその内容というのは彼が暴れまわる活劇である。庶民の間で生まれ、だんだんと膨らんできた西遊記物語を最終的にまとめ整えたのは明時代の呉承恩《ごしょうおん》であるとされている。『西遊記』が読み継がれ、語り継がれ、また劇、テレビドラマ、漫画となって現代においても親しまれるのは、単に面白い物語というのでなく、バックにしっかりした宇宙観があり、また、それが人々に了とされているためと考えられるのである。単に荒唐無稽の物語では千年以上も支持され続けることはないであろう。

まずは、西遊記における宇宙構造を見よう。

西遊記における宇宙は以下の三つの層に分けられる。

天界《てんがい》——玉帝《ぎょくてい》が支配している。ここには、釈迦如来、太上老君《たいじょうろうくん》（老子）、観世音菩薩、弥勒菩薩、竜王が自由に出入りする。

異界——南海の普陀落伽山《ふだらくかせん》に観世音菩薩。兜率天に太上老君。東洋海の底の竜宮に竜王がいる。ここは天界の飛び地であると理解できる。

地上——人間界。妖怪も沢山いる。西天天竺国霊山雷音寺《さいてんてんじくこくれいざんらいおんじ》には釈迦如来がおわす。

物語の骨子は、釈迦如来が唐土に真教（大乗仏教）を広めたいと発願する。それまでの中国には小乗仏教だけが伝わっていて、真の仏教たる大乗仏教が伝わっていなかったのである（ただし物語上の話）。そこで唐土人より一人を選び、つぶさに艱難辛苦をなめさせ、わがもとに来たらせ真教を授けたいと諸菩薩に話す。すると観世音菩薩が「私が唐土に行き、経を取る者を探しましょう」と応える。釈迦は菩薩に「雲の上ばかりをゆかず、半ば歩いて道筋を調べ、途中で神通に広く達した妖魔に会ったら、彼に発心して経を取る者の弟子になるよう勧めよ」と指示する。観音は釈迦の言に従い、半ば雲に乗り半ば歩いて東に向かう。そして途中で出会った孫悟空（かつて天界を荒らしまわった悪サル。今は釈迦如来によって五行山に閉じ込められている）、猪八戒、沙悟浄（両者は地上に落とされた天神）を玄奘の弟子と定める。また天から落とされた竜を三蔵の乗り物（白馬）に用意する。

菩薩は唐に至り三蔵を人選し、唐の太宗の許可を得る。いよいよ経を求めて出発である。

ここで注目すべきは、三蔵一行は、いたるところで難に会う定めになっている（妖魔の難）。三人の弟子の務めは途中で三蔵を保護するだけ。ましてや三蔵を雲に乗せて天竺に送るなどとんでもない。大河を越すのに雲を使うのもご法度である。「たやすく得たものは、とかくなおざりにしやすい」ということだ。一行は艱難を征服しながら西天に行きうる真心があるかどうかが試される。

一行の行く手には妖怪が次から次へ現れるわけだが、実は多くが天界や観音や太上老君の処から逃げ出し、姿を変えて地上に住み着いたものたちであった。彼らは、結果的に「経を取るものは他国を艱難辛苦して経めぐらねばならない」の基本約束に従って遣わされたものたちである。三蔵子弟の苦難がまだ満たない間は、霊が天下ったところの妖魔の難を受けねばならないのである。

また観音の言いつけで天神が一行を陰ながら守っているという構想になっている。苦難があまりにもひどい場合は、悟空が観音のところに飛び、助けを乞う。そういう時は、いよいよ観音自らのお出ましである。

さらに注目すべき設定は、この一行に加わる以前の孫悟空は、ただ暴れるだけの能天気者であったが、観音菩薩によって、経を取る三蔵を守る義務（理想）が与えられ、道をたがえた時には、三蔵が唱える「緊箍児呪《きんこじじゅ》」によって苦痛を受ける金の輪（緊箍《きんこ》児《じ》。これは人間が備える「信義」あるいは「良心」の象徴と考えられる）が頭に施されることである。

孫悟空は、いわば人間の代表である。人間は、それぞれにふさわしい理想を持たねばならない。そして、それをこの世に実現すべく生きねばならない。そして、その使命遂行の過程で十分苦労せねばならない。あるいは、理想追求には苦労がつきものなのである。そして、でたらめはやってはいけない。人間の道（信義や良心）にのっとり使命を誠実に果たさねばならない。艱難は彼を苦しめるために存在するのではない。彼を強く立派にするために存在している。そしていかなる場合にも、観音が陰ながら彼を守っている。いよいよの時に助けを乞えば、観音がやってくる。

この悟空（あるいは人間）と観音（神仏）との関係は、西遊記前篇というべき「天界篇」中の最後のエピソード（「西遊記」中でももっとも有名なエピソード）で、より明快に示されている（「西遊記」は前、後篇に分かれている。孫悟空が生まれ、仙術を身につけ、天界で暴れるところが前編で、三蔵とともに取経の旅にでるところが後編である）。天界における悟空の乱行にほとほと手を焼いた玉帝は、西方の釈迦如来に助力を求める。天界にやってきた釈迦如来は暴れる回る悟空に問う「どうして、そのように乱暴するのじゃ」。悟空はぷりぷりしながら「俺はもう下界が狭くなって嫌になったから、天界を奪って、その主になろうとしただけじゃ。世界は偉いもの勝ち、強いもの勝ちでござる」。釈迦「それほど申して汝に何の能があるか」。悟空「俺は何でもできるぞ。

七十と二通りの変化の術も心得ておれば、不老長生の術もあり、觔斗雲《きんとうん》を飛ばして十万八千里走ることもできるぞ」。釈迦「それでは、わしの手のひらに乗り、そこから飛び出すことができるか」。悟空は、そんなのはお茶の子さいさいとばかり、如来の手のひらに乗るや、雲を飛ばし、まっしぐらに飛ぶ。そして懸命に飛び行くほどに、たちまち行く手に五本の肉色の柱が雲にそびえて立っているのを目にする。これは世界の果てに違いないと理解して「斉天大聖《せいてんたいせい》（天界における悟空の官名）ここに来たれり」と大書する。ついでに第一の柱の根元に小便をひっかけると釈迦のところに意気揚々と戻ってくる。しかし、これはしたり、釈迦の示す中指に「斉天大聖ここに来たれり」と書かれているではないか。小便の臭いさえする。一敗地にまみれた悟空は釈迦によってつまみ出され、五指を化して五つの連山とした五行山に閉じ込められてしまう。

そして五百年後に観音に助け出され三蔵一行に加わるわけである。

このエピソードは、さすがの悟空もいくら頑張ったところで釈迦には敵わなかったという笑い話に受け取られて終わってしまうのだが、実はここには、この物語のメインテーマが込められている。つまりこうである――我々は常に釈迦の手の中にあって逃れられない存在なのだ。我々はそれほど祝福されている。この世の実体は「釈迦の作れる世界」である。

私たちは仏様の手の平のうちで遊ばせてもらっているのです。——山中伸弥

「西遊記」の書き出しは孫悟空誕生譚だが、それはまるで創世記神話のようである。

大海中に花果山という島山があった。山頂に不思議な石が転がっていた。何億年転がっていたかわからない。その間、太陽の精華と太陰の精髄を吸収し、いつの間にか石の胎内に魂が宿り、だんだん成長し、とうとう、その石が裂けて卵が産まれた。それから石の卵が割れると一疋《いっぴき》の石猿が産まれた。

——というのである。

孫悟空はすぐに花果山に住む山猿たちのボスになる。やがて仙術を学び、如意金こ棒を手に入れるや、天界に躍り上がって大暴れをする（これは悟空が「理想」と「良

心」という人間らしさを身に付ける以前の姿、振る舞いである。この大暴れの物語は須佐之男尊《すさのおのみこと》が高天原で大暴れする日本の古事記中の物語を想起させる)。

以上が「西遊記」の背景解析である。そして、これは我々が生きる娑婆世界の背景解析でもある。背景は隠されていて、我々が目にすることはできない。残念ながら。

＊『西遊記』について、次の諸氏の訳を参考にした。伊藤貴麿、入谷仙介、村上知行、高橋英二。特に記して御礼申し上げる。

VI　宗教の物語性について

弥勒菩薩下生《みろくぼさつげしょう》のこと

まずは弥勒菩薩像との出会いから。

私の幼少時である、我が家の二階の六畳間に二葉の写真が飾ってあった。両者とも額に入れられ、その一葉は新薬師寺の婆娑羅《ばさら》大将のモノクロ写真で鴨居に掛けられ、もう一葉は中宮寺の弥勒菩薩のモノクロ写真で、こちらは床の間の違い棚上に立て掛けられていた。誰がもってきたものか知らない。後年、奈良に行くと同じものがおみやげとして売られていた。実はこの写真は、古美術写真専門の「飛鳥園」を始めた小川晴暘が大正の末ごろに撮影したもので、仏像写真としては古典に入るものである。憤怒の形相の婆娑羅大将の方は、幼児の私にとって、見るのがまことに恐ろしかった。

さて、それから六十年近く経ってのことである。私は会社勤めを辞めてから急に骨董蒐集をはじめ、せっせと骨董市に通うようになった。二〇一三年の暮れも押し迫ってのこと、毎月通う茨城県のある骨董市に小さな弥勒菩薩が出ていた（高さ一六センチ）。これは半跏思惟《はんかしい》の、弥勒菩薩の代表的な姿である。半跏というのは片足を反対の足の腿上に乗せた姿である（奈良の中宮寺、京都の広隆寺にある像もこの姿である）。この小さな像は中宮寺、広隆寺の像の原型的なものと思われた。

どうせ高価《たか》いだろうと思ったが、値を聞いてみると、驚くほど安価《やす》い。私は早速求めて、大変な収穫だと後生大事に持ち帰った。

これはもともと金銅仏（銅像に鍍金したもの）のはずだが、土中で金が剥がれ、すっかり錆びてしまったものなのである。柔和で古風なお顔がなんともよい。汚れを掻き落としたり一部磨いたりした跡がある。凹部には、とても日本のものとは思えない（たぶん朝鮮半島の）泥がへばりついている。

弥勒菩薩

弥勒菩薩の横顔

さて弥勒菩薩について説明したい。原型はマイトレーヤという実在の人である。釈迦の弟子だから、今から二五〇〇年ほど前の人である。弥勒菩薩は、いま兜率天《とそってん》にいて修行中である。釈迦滅後五六億七千万年後に、この世界に降り（下生《げしょう》という）、釈迦の救いから漏れた人々を救うことになっている。この「下生物語」に続いて、人が死んで兜率天に生まれ変わる（上生《じょうしょう》）信仰も生まれている。弥勒菩薩は古代インドで熱狂的に信仰され、中国、朝鮮と伝播し、朝鮮の三国時代に、特に新羅の独自の習俗と結合し、大変な盛況を呈した。「掘り出される」ところからして副葬品として埋葬されたか、埋仏されたのだろう。弥勒仏は日本に伝播、主に聖徳太子縁故の寺（中宮寺、広隆寺）に祀られた。弥勒菩薩信仰は、その後の日本においても盛んであったが（特に密教に採り入れられ、弘法大師＝弥勒＝大日の三位一体論が行われた。別に法華経とも結び合わされて信仰された）、面白いことには半跏思惟の独特の形は飛鳥、白鳳期で絶えてしまい、それ以後は特徴に乏しい菩薩型、如来型になる。

半跏思惟像というのは、元もとガンダーラ彫刻（三世紀）において、出家する前の釈迦（悉達《しった》太子）像として作られたのが嚆矢《こうし》らしい。悉達太子が、半跏の姿で椅子に掛け瞑想にふけっている。悉達太子の半跏思惟の姿は五世紀ごろに中国に伝わる。この（仏になる前の）釈迦の待機する姿が、兜率天で待機している弥勒菩薩に受け継がれ、流布したと理解しよう。

実は弥勒菩薩像が我が家にやってきたことに私が勝手に感激しているのには、ちょっとした個人的な理由がある。私が本稿の下書きを完了したところで茨城の骨董市に行き出会ったのが、この弥勒菩薩像であった。弥勒菩薩像は、私の論文の出来上がりを祝うかのように現れた。それは、偶然で、君が勝手にうまい具合に解釈しているに過ぎないとあなたは思うであろう。しかし世の中の事件と、内なる思いは、まことに霊妙に連動しているというのが私の理論である。祝福が来るのは、わが内にそれに相応しい慶事が成った証拠なのである。そして、なぜ弥勒菩薩であったか。先の説明の通り、弥勒菩薩には「待機」という性格がある。私のこの未発表の論文も、いわば「待機」中なのである。私の論文が、世に出ても弥勒出現ほどの救いにも事件にもならないのは当たり前だが、いま私が問題にしているのは、その気分であるとご理解いただきたい。

宗教の物語性

実は以上は枕で、これからが本題である。弥勒信仰に関連して、宗教の物語性について述べたい。

さて、壱のⅢで述べた通り、人間の神は一つである。ただし、様々な宗教が存在する。つまり宗教は文化（人の手によって作られたもの）なのである。そして、それは多分に「物語」である。弥勒菩薩などはその最たるものだ。釈迦滅後五六億七千万年後に、この世の人々を救いに来るべく、いま兜率天で待機している。誰が、こんなことを考えたのだ。百年後、千年後というのではない、救いの神が五六億七千万年後という遠い未来に現れるのは人間にとって果たして嬉しいことだろうか。大体、その頃に地上に人類がいるかどうか分からない。その前に地球が存在しているかどうかも分からない。なにしろ地球が誕生してから、まだ五〇億年しか経っていないのである。このような信仰（物語）が、二千年以上の間、盛衰を繰り返しながらも、わが東洋で信じられてきたというのはいかなる訳であろうか（まだ説明していなかったが、この弥勒信仰は時々思い出されたように新興の宗教において復活する――朝鮮三国時代の新羅国の青年貴族集団花郎《かろう》を嚆矢に、中国元末の白蓮教《びゃくれんきょう》、十九世紀朝鮮の東学党、日本の江戸時代の富士講、近代の大本教など）。たぶん途方もない未来に明るさ（救い）が待っているというのは、人間にとって大いなる救いであり希望なのであろう。いわば「美しい夢」である。中宮寺の（あるいは広隆寺の）像の美しさは、この人間の美しい夢の具象であろう。弥勒信仰が伝えるのは、人類の未来が、混沌でも破壊でも地獄でもないというメッセージである。皆様、明るい未来が待っていますぞ。

といっても、実は歴史の過程で、弥勒信仰は徐々に阿弥陀信仰に取って代わられる。人間は死ねば極楽に生まれ変わるという阿弥陀信仰は、物語に違いないが、弥勒信仰に比べれば現実味がある。現代という時代が、かつてに比べて各段に生きやすいかどうかは知らないが、平安時代、鎌倉時代、室町、戦国時代の日本人が、特に庶民が生きるのには筆舌に尽くせない苦労があったろう。人々は、この現世の苦しさを乗り切れば、極楽世界が待っているという信仰を励みに生きたのだろう。それらの時代、阿弥陀信仰は生きる上に必須の宗教であったのである。

宗教は物語であっても、人間の心の内をかなり誠実に反映している。「最後の審判」を強調するのはイスラム教である。万人は来世において、現世における行いをもとに地獄に落とされる者と祝福されて天国にゆく者に分けられる——これはいい物語である。イスラム教信者は、地獄に落とされては敵わないので、この世で身を慎んで生きることになる。もちろん日本の地獄極楽思想も同じである。こういう物語が単に、誰かがひねり出したものであったら、迫力に欠け、そのうちに誰も意識しないものになって、消えてしまうだろう。こういう地獄極楽思想が歴史を通じて、また世界各地に存在するのは、そうした考えが荒唐無稽のものでない証拠なのである。人間は心の底で、正しい行いの者は賞され、悪を行ずる者はいつか罰せられねばいけないと思っているのである。宗教における物語は人間の普遍的な心の映しである。

キリスト教は救世主願望の壮大な物語だろう。イエス・キリストが現れた以上、イエス・キリストに帰依しさえすれば人類は救われるはずである。ナザレ人イエスは、待望されていたキリストを演じて自ら磔刑になった愛情深い男である。私はキリスト教者ではないので、この物語は信じないが、イエスの言動（彼が発した言葉と、彼が行った治病の奇跡）には大いに興味がある。特に彼の山上の垂訓などは詩心に富んでいて読む度にうっとりさせられる。彼は真実の人であり、また卓越した詩人であったと理解できる。

キリスト教の物語の基底にあるのは、人間の罪の意識である。この世を生きると、多少とも、良心が咎める行いを為し、それが楽しく生きる上での障害になると思う。それを消してくれる愛情深い存在がキリストである。やはりキリストは出現すべくして出現したのだ。

物語のない不思議な宗教が禅である。物語（教義）がないがゆえに、仏教の全ての宗派に採り入れられている。例えば鎌倉時代の華厳宗の明恵《みょうえ》上人が寺の裏山の松の枝上で坐禅を組んでいる肖像画が残されている。唐招提寺は律宗の寺であるが、今に残る鑑真和上像も坐禅の姿である。また鎌倉の大仏（阿弥陀如来）も坐禅をしている。つまり禅は仏教の宗派を越えての基本行である。というより、私が見るところ仏教は禅（瞑想）に始まった宗教である。そして禅は仏教を越えて、全ての宗教の基本行になりうる。この行の中心となる思想というと、人間は本来そのままで救われているはずだという推定、予感、直感であろう。禅は邪念を排することによって、それを実感しようという「行」である。

禅は、あからさまに救済を説かない。教主も祭神も戒律もない。言ってみればプレ宗教である。神道もプレ宗教だろう。それで、教義としての物語がない。どうも、物語は「救済」を説くところに生まれるようだ。宗教の物語には、地域特性（風土、民俗、生活、歴史、伝統など）が関わっている。地域特性に絡めて分かりやすくせねば庶民のものにならないのである。つまり、そうしないと大衆を救う宗教になり得ない。イスラム教が堅固な性格を持って栄えているのは、多分「砂漠の宗教」として、きわめて優れているためと思われる。マホメットが生まれた時、砂漠の民はしっかりした宗教を待ち望んでいた。教祖（あるいは一つの宗教）の誕生には、背景となる気運が必要なのだ。キリスト教は救世主が必要とされる気運に乗じて誕生した。仏教は、バラモン教に窮屈さを感じ、突破口を作りたい気運に乗じて、釈迦によってその芽が作られ、東洋の叡智という枝葉が加わって大宗教に成長したのだろう。奈良仏教が閉塞状態に陥った時に、空海は大陸より新しい仏教——密教をもたらした。末法思想が流布し、庶民の不安が飽和状態に達した時に、浄土宗、浄土真宗、日蓮宗、禅宗の鎌倉期の新興仏教が開花した。幕末明治期の新宗教（天理教、黒住教、金光教）も、新しい時代の気運に乗じて現れたのだろう。ニューソート（病気、憎悪、不健全、貧困から人間を救うことを目指して十九世紀のアメリカに起こった宗教運動）も、いささか実際の用に供さなくなったキリスト教に飽き足りない気運から生まれたものと思う。（実は私は、この派のR・W・トライン、J・E・アディントン、ジョセフ・マーフィーの書籍を愛読した。また、日本のニューソート派というべき宗教家谷口雅春師の書に多くを教えられた）。教祖は時代の要請によって誕生する。実はこれは（世俗社会における）英雄についても言えることである。なぜ、戦国時代と明治維新期に英雄が群がり出たか。時代の要請がないと英雄は生まれない。優れた人物がたった一人いても、できることは限られ、能力を発揮しにくいだろう。英雄誕生には、これは私がやるより仕方がないという、差し迫った状況がどうしても必要だ。そして、行動を起こした時、待っていましたとばかり盛り立ててくれる大衆がいなければならない。教祖や英雄になる優れた個人は、もちろん必要だが、孤立した個人であっては大業は成らないし、歴史は動かないのである。

＊弥勒菩薩についての参考文献は以下の通り。
宮田登編『弥勒信仰』民衆宗教史叢書8、雄山閣、一九八四年。

伊東史朗『弥勒像』日本の美術No.三一六、至文堂、一九九二年。
渡辺照宏『仏教』第二版、岩波新書、一九七四年。
渡辺照宏『日本の仏教』岩波新書、一九五八年。
松尾剛次『仏教入門』岩波ジュニア新書、一九九九年。

弥勒菩薩再考——花郎、聖徳太子、空海、藤原清衡

以上を書き終わってから『半跏像の道』田村圓澄著（學生社）という本に出会った。仏教学の碩学が生涯にわたって考究著述した弥勒菩薩についての論考、エッセイが収録されている。以下、それによって朝鮮三国時代と弥勒菩薩の関係、そして日本の聖徳太子との関係を少し詳しくたどることにしたい。

中国山西省大同にある雲崗《うんこう》の石窟は北魏時代のものであるが、苦悩する若き悉達《しった》太子が半跏像であらわされている。中国では、五、六世紀を通じて半跏像が作られるが、それは常に悉達太子であった。それが六世紀中葉の北斉で半跏像は弥勒菩薩を表すようになる。実は北周の武帝による廃仏を経験した中国仏教界では、六世紀末から末法

思想がひろまり、過去仏としての釈迦の教えは力をなくし、未来仏である弥勒に対する信仰が優勢となる。つまり六世紀の中国における末法到来の危機感が、悉達太子像を弥勒像に変える一要素になったと考えられる。

朝鮮では新羅の真興王（五四〇～五七五）の時代に、青年貴族が軍事的、政治的、宗教的な集団を作るが、その首領は花郎《かろう》（美しい青年の意）と呼ばれ、美貌の青年が選ばれた。この花郎集団は儒教、道教、仏教を奉じたが、特に弥勒信仰によって結ばれた同信集団であった。花郎は兜率天から新羅に下生した弥勒と仰がれた。弥勒の下生するところは、怨賊、刀兵、水火、飢饉などの災難がなく、人々豊楽安穏の生活を送るとされる。つまり新羅では釈迦滅後五十六億七千万年を過ぎて下生する未来仏としての弥勒でなく、現在仏としての弥勒を花郎に求めた。花郎集団は弥勒の加護を信じ、理想国家の実現に力を尽くしたのである。

当時、朝鮮半島は、新羅、百済、高句麗の三国が互いに対立、抗争を繰り返していた。三国の中でも後進国であった新羅はこの真興王の頃から国家的発展が目覚ましく、七世紀後半には百済と高句麗を滅ぼして朝鮮半島の政治的統一を実現するが、この一世紀半の間、戦力の中核になったのが花郎集団であった。統一新羅の英雄金庾信《きんゆしん》は十五歳の時花郎に選ばれている（花郎は弥勒の生まれ変わりであるが、そのイメージが美しい半跏像であらわされたと考えられる）。

七世紀後半に新羅による朝鮮半島統一が為されると、花郎は国家的歴史的使命を果たして消え、半跏像の造作にも終止符が打たれる。

やがて新羅の花郎における半跏像信仰は日本に伝えられて聖徳太子信仰となる。秦《はた》氏と難波吉士《なにわのきし》氏は新羅系渡来氏族で太子の側近であった。半跏像を本尊とする秦氏の広隆寺や難波吉士氏の四天王寺は、聖徳太子を恋慕、信仰して建てられたという。六二二年二月に聖徳太子が亡くなったが、その年の七月に新羅の真平王は、太子追善のため、仏具一式、金塔、舎利などを日本に送ってきた。仏像は太秦《うずまさ》の広隆寺に安置され、また金塔、舎利などは難波の四天王寺に納入された。広隆寺にある有名な宝冠弥勒は、この時の仏像であると考えられる。

以上のとおり聖徳太子のイメージを半跏像に求め、太子思慕＝太子崇拝の対象としたのは、太子に特別の恩顧を抱く秦氏、難波吉士氏の両新羅系渡来氏族であった。すなわち〈新羅の花郎＝半跏信仰〉を〈聖徳太子＝半跏信仰〉に転換させたのである。

やがてこの信仰は聖徳太子ゆかりの大和の斑鳩《いかるが》（中宮寺、法起寺）、飛鳥（橘寺・葛木寺）にまで広がった（いずれの寺の金堂の本尊も半跏像であった）。半跏像は、元来は釈迦の前身である悉達太子であるので、悉達太子像が聖徳太子像に移行することも容易であったと考えられる。しかし半跏像＝聖徳太子信仰は七世紀で終わる。半跏像が作られたのは、韓国では六世紀後半から七世紀後半までの一世紀余りの間であり、日本では七世紀から八世紀にかけての約一世紀の間であった。

　ガンダーラに発する半跏像の道は、中国大陸を経、朝鮮半島の竹峯ルートを通り、新羅の慶州から日本の斑鳩、飛鳥に達し、そして終焉を迎える（百済や高句麗においても半跏像は作られ信仰されたが、〈花郎＝半跏像＝弥勒信仰〉の関係は新羅にだけの習俗であった模様である）。

　以上が『半跏像の道』の語るところである。弥勒信仰は、かつての朝鮮において、三国時代を終わらせ、統一新羅王朝を作るほどの力を持ったのである。

　さて、聖徳太子をもって日本における半跏思惟型の弥勒菩薩像の造像時代は終わるのだが、弥勒菩薩信仰そのものはその後の日本史の端々に現れる。

　第五章で触れたように弘法大師空海に「入定信仰《にゅうじょうしんこう》」がある。空海がいまもなお高野山奥之院の御廟内に生き身のままおわして、五六億七千万年後に、弥勒菩薩がこの世に出現されるその時まで、人々を救済し続けるという信仰である。そこで空海のことを信仰上「二仏（釈尊と弥勒）中間の大導師」と呼ぶそうである。空海は弥勒菩薩を信仰し、永遠の救世主になることを目指したのである。

弥勒信仰について、私に深刻な印象を与えているのは奥州の藤原清衡《きよひら》の事例である。平成二十四年の歳も押し迫った日、私は平泉を訪ねた。ここには、それまで幾回も訪れているのであるが、この時は世界遺産になった直後ということもあって、奥州藤原氏の意義を真面目に考える気になっていた。

二時過ぎに中尊寺に着く。雪が数センチ積もっている。平泉は西の丘陵（山）と東を流れる北上川に挟まれている。西の丘陵は手の形をした大和芋のように平泉の盆地に張り出している。最も北寄りに張り出した尾根上に中尊寺がある。平地より中尊寺に向かって尾根を上る（表参道「月見坂」である）。両脇に杉の巨木が聳え、なかなかの趣である。途中より右側（北）を見やれば、雪の山並みを背景に広大な平地を見下ろす。すぐ下のところを流れるのが北上川に合する衣川で、弁慶が立ち往生したので有名な古戦場である。中尊寺本堂を通り過ぎて、まずは金色堂に向かう。金色堂は、新設のコンクリート製覆い屋の闇の中で、ライトに照らされてまばゆいばかりに輝いている。毎度ながら、まことに結構なお堂である。このあと、奥にある経堂、移築されている旧覆い屋、野外能楽堂などを廻る。この辺りが中尊寺域の終点である。本日は参拝客は多くない。ただしクリスマスイブだからだろうか、若いカップルが目立つ。来た道を戻って本堂に寄り、それから月見坂を下る。

宿に向かう途中で金鶏山下に新設されている平泉文化遺産センターに寄り、資料などをもらう。センターと観自在王院の中間にあるホテル武蔵坊に泊まった翌朝は雪に埋まった観自在王院跡（池以外になにもない空地で、今朝は本当の雪野原だ）で少し写真を撮ったあと毛越寺に向かう。毛越寺は見慣れた庭である。ただし雪景色は初めて。

さて平泉は平成二十三年、世界遺産に登録された。登録名称は「平泉——仏国土（浄土）を表す建築、庭園及び考古学的遺跡群」である。私に言わせれば、現在の平泉は廃墟である。観光地として観るべきは金色堂と、毛越寺庭園だけであろう。奥州藤原三代の理想を知らないと、平泉はまったく理解できない。何もないのだ。不思議な観光地である。そこで、この地の歴史を概観したい。

奥州藤原氏は、名門貴族藤原氏の流れをくむ藤原秀郷の子孫で、経清（清衡の父）のとき関東から陸奥の国に来住した。その当時、東北北部の二代豪族が陸奥（岩手県側）の安倍氏と出羽（秋田県側）の清原氏であった。やがて経清は安倍頼時の娘婿となり、清衡が生まれる。一〇五一年、前九年の役が勃発する。この戦は勢力を伸張する安倍氏を阻止するために政府軍が仕掛けたものらしい。苦戦する政府軍は出羽の清原武則に加勢を頼み、ようやく勝利することができる。経清は惨殺される（鈍刀で首を漸斬された。きわめて惨い）。阿部一族はみな戦死あるいは処刑されたが、清衡は、母が勝者である清原武則の子の武貞と再婚することになって清原家に連れ子として引き取られる。清衡七歳の時である。やがて後三年の役が勃発する。これは清原一族の内部抗争であった。この戦いで清衡を殺そうとした異父弟家衡により、清衡の妻子、眷属は皆殺しにされてしまう。以上、二度の役で安倍、清原両豪族がともに滅び、両者の系譜をひく清衡一人が勝ち残って、清原氏の伝領と安倍氏の故地を継承することになったのである。彼は運命の偶然により生き残り、思わぬ権力と富を手に入れる。彼は平泉に本拠を移すと、「非戦」の覚悟から中尊寺を建立（実に二十一か年を費やした）。中尊寺の諸堂はすべて金色の堂宇《どうう》であり、その典型が最後に完成した金色堂であった。金色堂は内外を分厚い金箔で包み、内部を螺鈿《らでん》、蒔絵《まきえ》、透かし彫りの金具で荘厳し、平安時代後期の工芸技術の粋を伝えている。清衡は中尊寺の落慶法要で、戦争のない理想郷を作りたいむねの願文を読み上げる。そして、中尊寺竣工の二年後に眠るように入滅、遺体のまま金色堂内に葬られた。金色堂は葬堂である。当時、葬堂を営む風習が京で流行したという（今は、ここ以外すべて無くなってしまっている）。

この遺体保存の背景思想としては、五六億七千万年後に、釈迦の次の如来である弥勒菩薩がこの世に降り立つ時、経を持って駆けつけ、仏として復活するためという。エジプトのファラオのミイラもそうだが、遺体保存というのは常に復活のための用意である。日本においてミイラを作るというのはいかにも不思議で異様な風習のように思えたが、歴史の一時期、わが国でもそうした風習と技術が存在したということになる。一時はミイラを作るというのは日本にない風習だから奥州藤原氏はアイヌ人ではないかという説もあったが、遺体の学術調査によって「東北人よりもアイヌ人よりも関東人よりも京都人に近い」ことがはっきりしたそうだ。清衡という人は産金による富をもとに都の文化を積極的に導入。模倣に留まらず、先進性や独創性を究め、文化による平和を目指した巨人といえる。平泉を本拠にしたのには奥州全域のほぼ中央に当たるという理由もあろうが、それよりも、ここが雅《みやび》な山々に囲まれた美しい土地であるという点が注目されるべきである。この地は景観的に京の文化を移植するのにまことに相応しい。それにしても私が不思議に思うのは、平泉には軍都的性格が全く観られない点である（以前より北を押さえるための軍事上の要地ではあったらしい）。ふつう武人の本拠は城（堀や柵や物見の建物）であるはずなのである。回りに、いくら対抗勢力がいないといっても、これはいかなることであろう。清衡には、浄土（平和都市）を作ることしか念頭になかったのである。これでは、百年後に頼朝軍が押し寄せた時、戦うすべがなかったのも、ごく当然といえる。二代基衡は父の意志を継いで毛《もう》越寺《つうじ》（日本有数の浄土庭園）造営を開始、周辺を京都の鳥羽、白河のようにするのを目指した。そして毛越寺の隣には後の観自在王院となった自邸を構えた。三代秀衡は毛越寺を完成、無量光院（宇治平等院の鳳凰堂に倣った寺院。「観無量寿経」に記された極楽浄土の様子をこの世に再現した）、加羅御所《きゃらのごしょ》、平泉館《ひらいずみのたち》という政治中枢を作り上げた。

平泉の中心域は一キロ四方と実に小さい。

三代秀衡の時代は、後白河法皇、平氏、源頼朝が覇権を争った激動の時代である。

頼朝挙兵時には秀衡が頼朝を攻めようと軍兵二万余騎を率い白河関を越えたというデマ情報が飛んだ。源平合戦中は、平泉軍が白河を超えたという偽情報が伝わる度に劣勢の平軍は活気を取り戻したという。秀衡はどの勢力とも距離を保って動かなかったが、頼朝にとってはいつ、平軍、木曽義仲、源義経等と手を組まれるか分からない実に恐ろしい存在であった。つまり、頼朝としては統一を果たし次第、どうしても潰さずにはおれない存在だったのである。義経が平泉に逃げ込んだことは平泉攻撃の、ほんの口実になることでしかなかった。平泉にとって不幸だったのは義経到着後一年も経たないうちに、義経を庇護した秀衡が他界したことである。その子、泰衡は秀衡ほどの器量人ではなかった。泰衡は義経を襲って殺してしまう。だが、そうしたからといって頼朝が泰衡を許そうはずがない。頼朝にとっては奥州藤原氏を除くことが大目的だったからである。たいした戦いもなしに、頼朝の奥州征伐は完了する。幸いなことは平泉が戦場にならなかったことである。泰衡は、戦いが不利と知るや自分の館に火を放ち、北を目指して逃げ、途中で自分の配下によって殺される。

さて、兵火を逃れた平泉は、その後、荒廃を重ね、毛越寺、観自在王院、無量光院などは炎上破壊した。中尊寺も衰亡し、いまは当時の建物として金色堂を残すのみである。
奥州征伐のために三八日間を平泉に滞在した頼朝は、平泉文化のすばらしさに驚嘆し、中尊寺や毛越寺などの寺院をことごとく存続させ、鎌倉の都市作りには金色堂や金鶏山を起点にした平泉にならって、鶴岡八幡宮を起点とした都市計画を進めるにいたる。

初代の藤原清衡は、武将であると同時に、哲人であり、優れた宗教者であり、文化の巨人であった。日本の歴史になんとすごい人がいたのだろう。彼以前に、この型の人を探すと、ただ聖徳太子がいるだけであろう。内憂外寇の時代に仏教の理想を貫き文化の国を築いた人である。太子が奥州藤原氏と似ているのは、人柄と成したことに加えて、その家系の末路である。太子の死後、息子の山城大兄王子は蘇我氏によって、その家族もろとも殺されてしまう。この事件はイエス・キリストの磔刑を想起させるほど悲惨で崇高な事件である。奥州藤原氏の最期は崇高ではないかもしれないが、悲惨である点において一致している。武門というのはそうしたものなのである。勝者になれなければ死ぬより仕方がない存在、それが武門の棟梁である。

初代清衡は生きながらえ最終的に権力を手に入れたとはいえ、それまでの艱難と悲惨は言いようがない。一般的には、そうした半生は性格に暗い影を落とすだろう。また、後の残された半生を享楽して過ごそうとするかもしれない。しかし彼は、俄然宗教者になり、文化の人になった。実に偉大で、救世主に近い存在である。彼の想いが、後世に至って（それも何世紀も後に）平泉を世界に認めさせることになったのである。

幾代かにわたって創造したという点で、他に思い出す人物がいる。桂離宮を作った八条の宮親子である。桂離宮は二世代で造営された。親子して、こういう趣味と能力を持つというのは、私の周囲を見まわせば稀なことだといわねばならない。まず趣味と理想は遺伝しがたい。奥州藤原氏の場合はそれが三代続いた。これは奇跡といってよい。三代中に違う嗜好の持ち主も、どら息子も出なかった。たぶん、人品も能力も遺伝したのである。四代目も、能力の点では疑問があっても、少なくとも非文化的な人間ではなかった。序でながら、初代清衡は、この立派な文化都市を築いていながら京都を見ていなかったという。奇跡の初代と奇跡の家系といってよい。

奥州藤原氏滅亡の四十三年の後（一二三二年正月）、栂尾の明恵上人が弥勒菩薩の名号を唱えつつ入寂する。

禅について

ここで私のささやかな禅の体験を記したい。

数年前の暮れに永平寺を訪ねた。寺は福井平野から少し山あいに入ったところにある。雪が降り積もり、その日も降っていた。寺は沢山の伽藍《がらん》を通路（廊下）で結んだような構成である。全体が山の傾斜地に建っていているので、建物内の通路に階段が多い。階段といっても五〜六人が一緒に上り下りできるような幅広さである。まずは立派なお寺だ。修行の若い僧をたくさん見かける。こう無制限に観光客を入れては修行の邪魔になるのではないかと心配になる。

ここは曹洞宗の大本山である。日本の禅は大きく曹洞宗と臨済宗に分けられる。鎌倉時代に栄西が移入したのが臨済宗で、その後輩の道元が移入したのが曹洞宗である。両者は坐り方も違うが、一番大きな違いは臨済宗には公案（参禅者に工夫させる問題）があり、曹洞宗にはそれがなく、ただ坐ること（只管打坐《しかんたざ》）をモットーにすることである。

私は大学の時に「禅の会」というクラブに入っていて、一年次の頃によく座っていた。山岡鉄舟の流れをくむ臨済系の禅であった。学生食堂で昼食を済ますと、キャンパス後方のクラブ室（当時、大学構内にまだ兵舎が残っていて、そこがクラブ室に当てられていた。禅の会の部屋だけに畳が敷いてあった）に行き、入り口に積まれている座布団を二枚取って小脇に抱え、まず、既に坐っている長老（先輩）の前に行って膝まずいて挨拶する。それから空きスペースを見つけて座布団を尻に敷いて坐った。数息観《すそくかん》（結跏趺坐《けっかふざ》あるいは半跏趺坐し、三尺ほど前方に目を落とし、息を一つ、二つと数える）である。午後一時近くになると長老は鈴を鳴らし、それでみな静坐を止め、ここで初めて仲間どうしが挨拶した。人柄のよい、心が澄んだ先輩たちが揃っていた。コンパの時、既に師家に入門している先輩が片手を手刀にして言った。「両手で打てば、確かに音が出る。しかしこれだって音が出るんだよ」。これは「隻手《せきしゅ》の音声《おんじょう》」という公案である。私は驚いたが、この先輩が実際に音を聞いているらしいのが理解できた。この先輩は地方から出てきていたが、この学校に入る以前に浪々の期間があったらしい。そうした時期、仕送りが尽き、数日間なにも食べないでいることがあったが、心が澄んできて、世は美しく、ただこのままでよいと思えたと語った（この先輩はもうある種の悟りの境地にいたといってよい）。私も、静坐に親しんでいた頃は、朝の空から美しい音楽が流れてくるのを聞いていたような気がする。別の先輩は、五月になっても分厚いオーバーを着てキャンパスを歩いていた。「この暑いのにどうしたんですか？」と聞くと「僕は着るものがないんだよ」と言ってオーバーの前ボタンをはずすと、下は丸首シャツとトレパンであった。

道元の只管打坐理論も立派と思う。近代の曹洞宗僧に沢木興道という傑物がいた。講話集がたくさん残っている。この人がまだ小僧時代に、九州の寺にいた時、その日は寺中の者が外出していた。それで暇だったので一人静坐していると、いつも小僧小僧と言って新参の沢木氏をこき使っていた飯炊き婆さんが、あの小僧どうせ昼寝でもしているのだろうと覗き込み、沢木氏が坐っているのを見ると思わずペタリと座って合掌したそうである。坐わる（静坐する）姿は仏の姿であり、坐ることは人間を仏にすることとなのである。これは道元の主張（只管打坐理論）を立証したような話だ。

私が文献で一番影響を受けたのは『無門関《むもんかん》』であろう。宋《そう》の無門慧開が、古人の公案を評釈した書物である。学生の頃、谷口雅春師が著した『無門関解釈』を愛読した。後年になって出会って、忘れられないのが唐時代の僧臨済の言行録である『臨済録《りんざいろく》』

である。あまり知られていないと思うが清川泰次という世界の美術館に作品を収めている洋画家がいる。美しい非具象画の数々を残している。十数年も以前に亡くなったが、御前崎に個人美術館があり、氏の作品を中心に展示する世田谷美術館分館が成城にある。仕事の関係もあって、この人にはずいぶん懇意にしてもらった。成城のお宅を訪ねると、いつも話し込んで夜に至り、毎度酒と夕食を呼ばれ、夜更けてタクシーで帰宅した。ある夕べ、酒の後に氏は一冊の文庫本を取り出した。岩波文庫版の『臨済録』であった。この、西洋的雰囲気の画家が、僕の座右の書であると言って取りだしたのが、いまでは読む人も稀であろう禅の古典であるというところが、なんともシャレていた。そして解説書はたくさん出ているが、この朝比奈宗源訳がもっともよいと言った(今の岩波文庫版は朝比奈訳ではない)。これは私の三十代中ごろのことである。それで、いただいて帰って読んでみるとなんとも面白い。本当に面白い。宗源氏の訳が、また秀逸で、とても訳本とは思えない。私はこれをその後何回も繰り返して読んだ。

朝比奈宗源氏のいた円覚寺とは多少の縁がある。私の母方の祖父(曽根姓)は、円覚寺管長(朝比奈氏の前の前の管長)が死ぬ時、在家者としてただ一人呼ばれたそうである。この管長は自分の死期を予告した。それで生前親しい付き合いがあった人が呼ばれたのである。私が宗教に惹かれるのは、多少こうした遺伝的要素があるように思う。

我々は普段、妄想しすぎて生きている。心を濁しすぎていると思う。心が濁っていては正当な判断ができなくなろう。快適な生活が難しくなろう。濁りが重度になれば身体を病むことにもなろう。だから、静かに座り、心を無にする時間が是非必要と思う。座って心を澄ませれば、本来の自己（仏なる自己）が表面に出てくると思う。ひろやかな世界に出た気分になるだろう。何やら心楽しくなってくる。

Ⅶ 死生観

一局の碁

土井晩翠に長編詩「星落秋風五丈原《ほしおつしゅうふうごじょうげん》」がある。

祁山《きざん》悲秋の風更けて
陣雲暗し五丈原、
零露《れいろ》の文《あや》は繁《しげ》くして
草枯れ馬は　肥ゆれども
蜀軍《しょくぐん》の旗　光無く
鼓角《こかく》の音も　今しずか。

丞相《じょうしょう》病《やまい》あつかりき。……

この長詩では、「丞相病あつかりき」のフレーズが繰り返される。詩は、五丈原の戦い中に病んで死んだ『三国志』の英雄諸葛孔明《しょかつこうめい》（丞相＝蜀の首相・宰相）に対する鎮魂歌であり挽歌である。そして中ごろに「世は一局の棊《き》なりけり」が止《とど》めの言葉のように輝いている。棊は碁あるいは将棋のことである。まことに人生は夢か遊びのようなのである。

遠慮めさるな浮世の影を　花と夢見し人もある　――岡倉天心

死生命あり

高杉晋作は松下村塾の逸材で、奇兵隊を創設した人である。彼は、この世で何事かを為そうという強力な意思を持って生まれてきた。ところが、何をやってよいか分か

カード

らない。それが二十四歳の時、藩命で上海に行き、列強資本主義に半植民地化された中国の実情を見るや衝撃を受け、革命をもって生涯の事業にしようと決意する。能力者に目的が与えられた。これは暴れるだけが能の孫悟空に天竺に行く目標が与えられたようなものである。それからの晋作は、のちに伊藤博文が「動けば雷電の如く、発すれば風雨の如し。衆目駭然《がいぜん》（驚くさま）、あえて正視するなし」と記した通りの活躍をする。四国（英米仏蘭）連合艦隊の下関砲撃の危機の時、品川弥二郎は「十七隻の外国艦隊を一人で呑んでかかる人物は、あの仁（晋作）以外にない」と言った。この時、晋作は藩の命で講和談判に当たる。続いて第一次征長下に保守派に握られた藩の主導権を馬関に挙兵して奪い返し、桂小五郎らと挙藩軍事体制を作って第二次征長を目指す幕府と対決する。彼の思い切りの良さ、爽快さ、華々しさは、自分の短命に気付いていたからかもしれない。彼は幼少のころから呼吸器が弱く、実際二十八歳の若さで病死する。ただし彼の師である吉田松陰、友である久坂玄瑞ともども命を捨てることなど少しも恐れていなかった。短命の予感など、この英雄には、私が考えるほどの意味がなかったかもしれない。

吉田松陰、高杉晋作子弟の死生観ほど私の死生観に合致するものはないだろう。

師（松陰）が言う「死は好むべきものではない、同時に悪《にく》むべきものでもない。やるだけのことをやったあとは心が安んずるものだが、そこがすなわち死に所だ」。弟子（晋作）は、それに応えたわけではないのだが言っている「生とは天の我れを労するなり、死とは天のすなわち我れを安んずるなり」と。そして晋作は詩の一節に次のように書いている「生を見る死の如く、死はすなわち生。自ら言う、我はこれ方外の客」。意味は「私にとって生は死に他ならない。死はただちに生であろう。私はどうせ世間外の人だ」。

晋作の心根は彼の辞世（ただし上の句のみ）に、まことにうまく表れている。

「おもしろきこともなき世をおもしろく――」

まことに風雲児、快男児にふさわしい人生に対する姿勢である。

次は吉田松陰の言葉である。

「十歳にして死する者は十歳中自ずから四時（四季）あり。二十は自ずから二十の四時あり。五十、百は自ずから五十、百の四時あり」

私は松陰の言葉に同感する。

私の友人知人には癌を宣告されて、あれよあれよという間に死んだ者もいれば、癌といわれて毎年のように手術を繰り返しながら生き延び、最期は寿命だろうと思われる死に方をした人も幾人かいる。二・二六事件時に当時の鈴木貫太郎侍従長は至近距離から四発の銃弾を撃ち込まれても死ななかった。まだ命数が尽きていなかったと思える。大村益次郎は「鉄砲の弾ちゅうものは、めったに当たるものではありません。恐れても隠れても、運が悪ければ命中する」と言っている。その彼も後年、暗殺者の凶刃は避けることができなかった。論語と荘子に「死生命あり（人の死生は天命による）」と同記述されている。死期が迫った空海は坐禅のみにつとめ食事をしなくなった。弟子が飲食をとるように勧めたが「寿命には限りがあり、時期を待つほかにはない」と言って聞き入れなかった。孫悟空も「命は天に任すといたそう。わしが妖怪に食われたら、わしの寿命が短かったんだとあきらめよう」と言っている。つまり「死生命あり」は東洋の伝統思想といえる。

K先生の死

茨城県笠間市在住のK氏が平成二十八年一月二十五日に亡くなられた。八十七歳であった。

私は晩年のこの方と親しくなり、氏とは何ものかを共有したような気がしているので、この方について覚書のようなものを記したい。

常磐道の岩間インターを降り西方向に進み、岩間バイパスを右折したところに料理店「栗《くり》の家《いえ》」（扱っているのは自作の栗菓子各種と栗おこわ定食等である）がある。首都圏から来れば、ここはいたって殺風景なところである。筑波山に連なる山地を背にした街道沿いである。広大な敷地の奥に民家風の母屋とその手前に豪壮な古民家の店舗「栗の家」（移築家屋）と、それに並んでしゃれた石造りの「蔵の喫茶店」（移築蔵）が建っている。

K家はこの地の大きな米問屋であった。先代はこの地の米作りの副業にと栗栽培の導入を試み、今やこの付近は日本有数の栗の産地になっている。K氏は千葉大学医学部を卒業して水戸で歯科医院を開業した。それを六十歳の時まで続け、今は息子氏が後を継いでいる。

終戦直後のことである、氏は神田神保町の古書店（当時の神保町は焼け野原で本を板戸の上に置いて売っていたそうである）で柳宗悦の『美の法門』を求めて読むと感激し、さっそく駒場の日本民藝館を訪ねる。そこで柳宗悦氏と面識を得る。氏は、自分は柳宗悦の弟子だと称している。

やがて信州松本の民藝家池田三四郎氏とも親交ができ、やはり松本で活躍する建築家降幡廣信氏（民家再生で有名）に自宅の設計、建築を依頼する。それがいま岩間に建つ自宅である。次いで、自宅前に、近くにあった生家の移築再生を依頼する。この建築中に、脇を通る人が、面白いものを建てているというので覗きに来る。そういう人たちとの歓談中に茶菓子を出すようになり、やがて菓子を自前で作ってやろうということになった。それは落成後、民家の料理店「栗の家」に発展する。もちろん運営はK氏でも、菓子作り、料理作りは奥さんの仕事である。その後、脇に石蔵も移築再生し喫茶店として利用する。

「民藝」に心酔したK氏は、もちろん骨董集めにも並々ならぬ興味を持っている。ある時、平和島の骨董市で骨董を買い、大きいものだったので届けてもらうことにした。その時の業者が東京の杉並区に店を構える誠屋である。岩間に届けに行った誠屋は小澤氏の敷地を見て「ここで骨董市をやってみてはどうでしょう」と提案する。庭が市をやるのにちょうどよい、駐車場スペースも十分にある。そして、ここは常磐道のインターに近く、交通の便がまことによい。K氏がその提案に乗り、ここに「栗の家骨董市」が誕生する（一九九五年くらいのことらしい）。

次は私の話である。

私は五十八歳の時（平成十五年）、長年勤めた会社を辞する。ちょうどその年、明治期に祖父が建てた家を取り壊さねばならなくなった。上等な家ではなかったが皆なくしてしまうのはなんとも惜しい。そこで、その一部を取り出し「離れ」として残すことにした。この工事中、地袋の戸に装飾として張り付ける刀の鍔が（十数個ほど）必要になる。急いでいるので、骨董市でまとめて仕入れるより仕方がない。そこで骨董の本を調べて茨城県岩間で毎第三日曜に開かれる栗の家骨董市に目星をつけた。

連絡先に電話をして行順などを教えてもらう（知り合うのは後になってからであるが、

この電話に出たのがK氏であった)。さっそく訪ねると、まことに具合よく多量の刀の鍔を扱っている業者がいて、目的を達することができる。これが発端になって、私は栗の家骨董市に通うようになる。もともと骨董には興味はあったが、骨董集めを趣味にしてはいなかった。この時より骨董集めが私の新たな趣味として加わった。毎回、行くと一わたり見終わってから「栗の家」本館で食事を摂ることもあったが、だいたいは蔵の喫茶店でコーヒーを飲んだ。蔵内は私の好みに合うまことによいインテリアである。古風な窓から骨董市会場が見渡せる。コーヒーが六五〇円と高かったせいか、いつも空いていた。それと、この辺りではコーヒーを飲む文化がないようである。骨董市の客中でも優雅な人々がコーヒーを喫し、またモンブランを食べていた(セットで九五〇円くらいだったか)。また、客の中に、いつもここで買ったものを取り出して品評しあっている地元の三人組がいた。この人たちは、よくこんな品を見つけるものだと感心するほどの品を見つけるのである。眼もあるし金もあるし、よく勉強していて、また非常に熱心なのである。朝は、夜明けから来ていて業者が荷ほどきするところから見ている。喫茶時にいつも隣にいるので、自然と私も加わらせてもらうようになる。実は、こういう人たちの仲間には向こうが認めてくれない限り加わらせてもらえないのである。私が買ったものを見せて、向こうを度々うならせる必要がある。まあ、私も何とか認めてもらえたわけだ。K氏も、いつもここに出入りし、東京あるいは各地から訪ねてくる友人たちと歓談していた。時たま三人組とも一緒にいるので、私も同席しているうちに懇意にさせてもらうようになる。K氏と二人になることも多く、お前は何をやっているのだということで、私の著作や、編集した本を差し上げたりしているうちに仲良くなる。特に奥さんの方が、拙著『おじさんの骨董論』を読むや「この人は只者ではない」と言い出す。「家内はふだん本など読まないのに佐子さんの本はいつも脇に置いて読んでいる」とK氏はいくらかむっとして言うのであった。この奥さんはK氏に劣らず、よく人間とものごとを理解できる人なのだ。K氏は私が以前編集した「住まいの文化誌」シリーズを大変気に入られ、また、私版の書籍『日本風景抄』を高く評価されて、幾度も繰り返し読まれている様子である。K氏も、日本国中をかなり旅してまわられている。氏の楽しい旅行談もたびたび聞かされる。いずれにしても、私は、K氏ご夫妻という私の大変な理解者を得たのである。

K老人は小柄な方である。そして接していて感心するのは、この人からは邪念というものがほとんど感じられない。そして義《ただ》しい人である。人に対する評も正鵠をえているので大いに非難をしても、聞いていて不快感がない。この人は老人ながら可愛いという印象である。氏の可愛さは氏の邪念のなさに由来している。なにやら良寛にも似ている。

K氏はお会いした当初は杖を突きつつ骨董市会場を回られていた。それが杖が二本になり、やがて電動車いす（ハンドルが付いた上等なやつ。本人は私のベンツと言っていた）に変わった。骨董市の日に、入院していて現れないこともたびたびあった。もう、死期を感じていたのだろうか、死の前年末をもって料理店「栗の家」を閉じられた。これには実質の運営者である奥様も高齢で、動きづらくなっていたということが大きいだろう。息子氏は現役のお医者さんで、骨董にも料理店にも興味がなく、娘さんの旦那氏も勤め人で、こういうこととは無縁の人であることも店を閉じる理由だったたろう。この点に関しては寂しい晩年のようにも感じられる。そういう時、ちょうど趣味も人生の志向も一致する私に会って親しくしてくれたのだと思う。

私はK氏の死の前年の春、車を事故で失ったので「もう、そちらにはゆかれません（車がないと行けないところである）」と伝えたのだが、「佐子さん、来ておくれよ」というK氏の言葉にほだされ、その後はレンタカーで訪ねていた。その年の暮れには

「佐子さんと話しているとホッとするよ」と言われた。そして年が明けた年賀状に「毎回来てくださいね」と書いてあった。一月の第三日曜日の前に「ちょうど、その日に新年会があるので、今回は伺えません」と電話したのが会話の最後になった。

亡くなってから数日の後、娘さんから連絡があった。K氏は朝の六時ころに目を覚まし、お茶がほしいといって飲んだ後、もうひと眠りすると言って眠って、そのままになったという。よい往生であった。娘さんは通夜と葬儀の日を告げた後、遠いのでその日は来ていただけなくてよいから、いつか線香をあげに来てほしい。「まだ、このあたりを歩いているように思いますから」とのことであった。そうなのだ、私もそう思う。あの方はまだそのあたりを歩いているのだ。いつもの日曜日と同じように。

K氏が敷地内を歩いている。

私「おはようございます」

K氏「やあ、佐子さん」

私「先生、今日は骨董市ありませんよ」

K氏「おお、そうか、そうか」

私「それに先生は、もうお亡くなりになっています。この世にはいないはずですが……」

K氏「え、それは気が付かなかった」

ドロン——先生、消える。

死んでも、少しも死んだように思えない人がいるのである。さわやかに生き、夢見るように死んだのだ。

Ⅷ　設計図

この項では壱のⅠ「花と種子」で述べたところの趣旨に極めて近似する一つの観念について記したい。

私は生きているこの人生の、ある場面において「そういうことは、たぶん私の人生設計図に無いので起こらないだろう」と思うことがある。なぜだか知らないが、なんとなく私は自分にインプットされているプログラムを感じながら生きている。多分それは私にとってかなり強力なインパクトなのだ（私はこの文章で「プログラム」と「設計図」を同じ意味で使っている）。だから、我が内なる設計図に沿って行動していると思える場合には、私はほとんど不安を感じない。そこで周りから見ればかなり非常識（といっても悪事ではない）と見える行動をしたりする。それで実際はかなり臆病、細心な私の、冒険野郎（ある人の評）としての一面を示すことになる。周囲の人が「そんな常識的でないことをしてはいけない」と忠告してくれるが、本人としてはそれなりの自信を持っているのである。反対に「これは私の設計図にない」と感じる事に対しては手を出さないようにしている（経験上、失敗することが分かっているからである）。

人生を振り返ると例えば、分からず屋の父親が大学は何が何でも工学部にしろと言うので、工学部ではあっても美術学校のような工業デザインの学科に入り、学科の勉強はほとんどせずに文科系の書籍を読みふけって過ごし、いざ就職となると急に思いついて出版社を目指し、うまく入れたと思ったら五年目に辞めてしまい、勝算も無いまま、何とも得体のしれない住宅会社の研究所に入った。あいつ何をやっているのだろうと思った人が多かったに違いない。編集者は当時花形だったので、率先して我が出版社をやめる人間などいなかった。辞めるというと兄弟は反対したが、私としては、なんとなく転社してもよいように思えたのである。場違いのところに移った当初は、ずいぶん軽はずみな行動をしてしまったと大いに悔いたものの、結局はその場で三十年を過ごし、しかも自分としては真に恵まれた本づくりの仕事をすることができた。

また、定年とともに趣味的な住宅づくり（旧屋解体に伴い、四畳半部分を離れ屋として再生させた）にかかり、サラリーマンなら老後に取っておくべき貯金を全てはたいてしまった。なんの根拠もないのに、将来は将来で大丈夫だろうと踏んだのである。実

彫刻の森美術館にて

は自分なりの根拠はあった。晩年に至って著述業に転身し、それで食っていけると踏んだのである（これは現時点で、うまくいっているとはいえない）。これに関しても、そういうプログラムになっているという何とない気分に基づいている。私の行動というのは常にこういう趣がある。現実としての根拠がなく、単に風変わりな予感に従っているのだ。予感が狂えば、一巻の終わりである。かつても、そのように生きてきたし、今もそのように生きている。これは孫悟空に似て、奇想天外な（あるいはハチャメチャな）生き方なのである（いささか危険なので青年諸君には勧められない）。

自分なりの哲学の完成を目指し、それが晩年に至らないと成らないと考えたのも不思議な確信である（そう思ったのは二十代の初めの頃である）。私としては、なにしろそうなっているのだと思い込んでいる。この内なるプログラムは私の救いであると同時に、私の手かせ足かせである。もしかしたら私は操り人形ではないか。まあ、操るのが大いなるもの（天）であるらしいので、そこは安心していてよいのであるが……。そうしたことによって、私は自分を宿命づけられた人間であると思うようになった。ただし、その途中途中ではやはり不安である。こんな非常識な生き方をしていて本当に大丈夫だろうか。足をすくわれたらどうしたものだろうか。わが神と思ったものが、実は悪魔であって、最後に至って「君、そんなにうまくゆくはずがないじゃあないか。君も甘ちゃんだなあ」なんてことになったら、もう目も当てられない。天を信じつつ、びくびくしながら突貫する者——実はそれが偽りのない私の姿である。

さて、私において特殊であることを一般化（人間一般に敷衍《ふえん》）してみようか。人間は、生まれながらにそれぞれのプログラムを持っている（与えられている）。これはちょっとした宿命論である。人間は勝手に生きたいように生きているかに見えるが実はそうではない。みな天よりプログラムされたように生きている。これは人間としての主体性が感じられずあまり面白くないことである。それでは、私において確かであるらしいといって全ての人に当てはめて一般化してはいけないのであろうか。あるいは私がプログラムされているというのは何かの間違いであろうか。あるいはこのプログラムの規制には人によって強弱があるのか。プログラムといっても極めて粗いもので、大筋というほどのことなのか（それなら個人の自由度はかなり保証されることになる）。まあ、そういうことだと思う。今日どう行動して、明日どう行動するかなんてことは、このプログラムと直接に関係はないだろう。今日と明日の生き方は、自分の大方針とは無縁ではないだろうが、それは規制の範囲外と考えてよい。プログラムというのは、もっと巨視的に考えてみた場合のことだろう（一日二日というのでなく、十年とか二十年とかのスパンで見た場合に当てはまる）。

人間の本質というのは、基本的に神の作った「一個の設計図」だとして論を進めよう。人には生まれながらに設計図が組み込まれている。その設計図通りの人生をやるのが人間である。この場合においては、人間に自由意志などないのだ。人間がその設計図を無視して、勝手にやると不具合が生じ、本人は破壊しかねない。それは極端だとしても、それに近い状況を生む。また、人間が素直になり、その設計図を感じつつ、それに沿うように行動すると万事うまくゆき、その人が成就し、美しい世界が実現する。本人も極めて快適である。これなら納得がゆくのではないか。この場合に、「創造」とは何かというと、神のプログラムに沿って外界を作るということである。この創造に個人の意志は入らないのかと問われれば、その通りだが、誰の意志であろうが、この世にないものを新たに生む（他人には不可能である己の人生を生きる）のだから、自分が喜び、人の役にもたつ（そうなるはずである）ところの創造（独創）であることには違いないだろう。人間は神の創造を援《たす》ける者であって、神の手足に近い。そういう関係だから、神は人間を生かす。飢えないようにし、また仕事がうまく運ぶように塩梅する。人間は各自勝手に生きているように思っているが、実は違う。神に生かされ、そして働かされているのである。この場合、不具合があるかと問われれば、特に不具合は無い。旧約聖書によると、神は六日間で世界を作り、最後に人間を作った。それからの創造は、神自身でやるのではなく人間を媒介に為すことになった。人間は神の協力者、共働者、あるいは使用人として存在している。蜂の社会に例えると、神に当たるのが女王蜂であり、人間各自が働き蜂であろう。両者は一体になって蜂社会を作る。神と人とが協働して築き上げる現実世界は、これと同じ構造なのではないか。

そもそも、人間が神の操り人形のように思えるのは、神と人を別々のもの、上位の神と下位の人間に分けて考えるからである。神と人間はほとんど一つのものなのである。神の意志は人の意志であり、人の意志は神の意志である。両者が遊離するのは人間が雑念する結果である。そしてこの世界に混乱が来るのは人間が雑念を実行するからである。人間が神の意志を体して考え、行動する限り、何の問題も生じないはずなのである。しからば各個人の意味は何処にあろうか。存在意味は各自に与えられた「個性」ではないか。個性——各人の色合い、能力、適性、嗜好、やり方などである。だから、いくら神の意志で作られるものであっても人間を通す以上必ず個性の違いが出てくる。個性を通して神の世界を実現する——こういうのこそ、人間の存在の姿なのではないだろうか。

個性を持った人間が、生きるにつれて自分なりの設計図を作ってゆく。人間は生まれると同時にその人としての大まかな設計図が与えられる。そして生きるにしたがって自分で詳細設計図あるいは期間限定図を描き加えてゆく。それが実行済になると次の期間限定図を描く。人間の中には早いうちに人生全体の具体的設計図を確定してしまい、それに忠実に従って人生を描いてゆく特殊な人もいる。トロイヤの遺跡を発見したシュリーマン（一五八ページ参照）などはそうした人であろう。シュリーマンは若くして己の設計図を確定させた人である。そして設計図に沿って忠実に己の人生を実現させた稀有な人である。彼は、私の「設計図」論における一つの典型であろう。

また、自分なりに詳細な設計図を作っても、思わぬ飛び入りがあって大幅修正、方向転換を余儀なくされる人生もあるかもしれない。時代が戦争に突入したり、親が破産したり、大恋愛をして人生を全く狂わせてしまったり、場合によっては罪のある無しに関わらず監獄に入れられてしまうことだってあるかもしれない。こうしたことで、過去に描いた設計図をすべて破棄せねばならないことだってあるかもしれない。

設計図というものを、強く意識するか、あるいは少し意識するか、あるいはほとんど意識しないかは別として（こういうのは多分だいぶ個人差があると思うのだが）、いずれにしても人は設計図に従って人生を推進させているのだと思う。普通は幼少期にぼんやりしていた設計図が、成長するにしたがってはっきりしてゆく。人は失敗したり、阻まれたりする方向をやめにして、成功したり、うまく道筋がつけられた方向に向けて、設計図を完成させてゆくのだと思う。設計図は設計図のままであっては意味をなさない。設計図に沿って立派な建物が建ち、船が建造され、装置が完成し、自分でも満足し、また、他人からも喜ばれて、初めて設計図は意味を持つものになる。また、設計図に逆らって何ごとかをしようとしてもうまくいかないだろう。例えば本来、絵を描く設計になっている人は音楽家になろうとしてはいけないのだ（趣味で楽しむなら別だろう）。いずれにしても人間は神の手足である。神は直接絵を描くことができないので、画家（人間）が必要なのだ。それで、ある人に絵を描く天才（才能）を与える。芸術家だけでは人間界は成り立たない。農夫も運転士も医者も弁護士も必要だ。皆を楽しませる芸能人やスポーツ選手も必要だろう。各自がいての人間界である。みな各自の設計図に従って生きて人間界がうまくゆくのだと思う。

さて、他人の設計図を覗《のぞ》いてしまう人もいる。顕著な例は戦国期の怪僧安国寺恵瓊《えけい》である。毛利氏の外交僧として、織田氏、毛利氏の和平に奔走、両者の和平が成った後は秀吉に重用され、その天下統一の事業をはじめ、大陸出兵のことに至るまで絶えず秀吉を援け続ける。恵瓊が歴史に登場して間もない頃、日の出の勢いにあった信長に会い、また無名時代の秀吉を知る。そして毛利氏へ次のような書状を書き送る。「信長の代は、五年三年はもつ、しかも来年あたりは公家の仲間入りをするような高貴な身分になるでありましょう」さらに続けて、「さ候て後、高転びに〈あをのけに〉転ばれ候ずると見え申し候」と。この書状が書かれたのは本能寺で信長が横死する十年も前のことである。さらに書状は「藤吉郎、さりとはの者にて候」と続く。もう、舌を巻くような洞察、そして予告である。秀吉評は恵瓊の眼力、人物眼によると受け取れるが、信長の件は明らかな予言である。見事と言うしかない。安国寺恵瓊は超能力者である。普通人は己の設計図さえはっきり見えないのだから、他人の設計図が分かるはずがないのである。それが彼には見えてしまったのである。

実は生きることについて、もう一つ感想がある。人生で出会う諸物、諸事項は、みなその人の内からやってくるのではないかという感覚である。例えば、私が行くべき場は外にあるのではなく我が内界にある。それが、私の用意や準備が整った時に我が外界として現れる。この理論によると、探し物は外界に求める必要はない。既に内界にあるから、それを引き出せばよいのである。人間は内なるものを外界に引き出しながら生きている。過去に遭遇した事象も、経歴も言ってみれば、その人自身なのだ。このことも「設計図」とリンクして考えることができる。設計図ができているということは、設計図を実現するための各要素はすでに、どこかに用意されるということではないだろうか。

人生の諸事はまず、その人の内に成る。内に成って後、現実界のものになる。内に成ると言っても、実は様々で、ほとんど生まれた時から成っているものもある。それから、人生のある時点で成るもの、そして事の間近に、あるいは直前に成るもの等、様々なように思える。いずれにしても自分の内を探って所在が確認できるものはやがて人生の現実になる。学校も職場も嫁さんもこの原理に従って現れ、体験になる。己のうちに無いものを求めるのは徒労である。もちろん、徒労が無意味だというのではない。人間は徒労や拒絶や挫折によって己を知ることができる。こっちの道は駄目だが、こっちの道なら良さそうだ。己の内に在るものというのは、つまりその人が生きて体験すべく宿命づけられたものなのである。己を知る者は賢い人であり、老年に至っても己を知らない人は愚者であろう。

多分、予感というのは、この内なるものを知ることであり、確信することである。願望というのは、内からの要請なのだろう。小説家の魂は、内なる小説家の魂の要請によって小説を書きたいと願望し、やがて立派な小説を書き、そして世間から認められる。小説を書きたいと思っている人は沢山いる。でも一向に書き出さない。そういう人は小説家に憧れているに過ぎないのである。内なるものと関係なく小説を書こうとしても、それはうまくゆかないであろう。

設計図を一巻の映画フィルムのようなものと考えることも可能だろう。まずフィルムがあって、この世というスクリーンに映写されるわけである。これから始まる人生に対する予感は、この巻き納められているフィルムを直覚することである。フィルムの内容が復讐劇だとしよう、まず主人公、あるいは彼の縁者が、悪者によってひどい仕打ちを受ける。主人公は復讐を誓う。ひどい仕打ちが復讐と対になっている。そして復讐は即座に成就しなくとも、それは約束されたことである。即座に成就されないのは、この世の約束によって何ごとの成就にも時間が必要とされるからである。ひどい仕打ちと復讐の成就の間、主人公の執拗な準備と追跡がなされる。ここのところが映画の醍醐味であり、主要部分である。主人公は、さまざまな艱難の後、所期の目的を達成する。人生は偉大な「過程」なのである。時間が重要な意味を持つ。復讐の成就（到達点）は単なる結末にすぎない。

繰り返して言うことになるが、私は一個の人間というのは一個の設計図なのだと思っている。その人が強力に求めることがあったら、それはその人の設計図中のものであるが故である（設計図中に無かったら、人間は、それほど激しく求めやしない）。そして設計図中の内容は必ず実現する。強力に求めるところには、素材が、つまり経験や修練や資格や協力者や資金が、おのずと集まると考えてよい。設計図に則って物を作ることが多分、人生と呼ぶものの実質である。設計図に無いものを作り出そうとしてはならない。それは果を結ばない無駄な作業である。設計図がはっきりしないので試行錯誤をしつつ生きるのならよいことだと思う。試行錯誤の過程は最後の創造に大いに役立ち、また独自の花や厚みを添えるはずである。設計図は構想と同意で、この世のあらゆる形象（行為も法も物も）が構想によって生み出されるわけで、設計図なくして生きるというのは無謀なことである。実は構想無くしては物は形をなさない。軟弱な構想によって生み出された形象は中途半端であり、駄作である。それは何を描いたか分からない絵や、あるいは何を言いたいのか分からない文章や、何を目的になされたか理解に苦しむ行動みたいなのである。つまりこの世の形象というのは、その形象を支えている意図が読み取れて初めて「なんぼ」のものである。人間の作品なら、構想さえしっかりしていれば、好き嫌いは別として、絵画であろうが小説であろうが納得がゆくものだ。あれは好きではないが、しっかりした作品だということになる。

大体、出産においても、はっきりした人間にする意図がないと人体にならない。そういうのは古事記の国生《くにう》みにおいて「ヒルコ」と記されている。明智光秀の謀反は、しっかりした意図なく、単なる思い付きで為されたらしく、我々にほとんどその意味が伝わってこない。当時の武将たちにも分からなかったらしく、事変後の彼の呼びかけに馳せ参じようとする者はほとんどいなかったのである、単なるヒステリーで何かをしてはいけないのだ。謀反も悪だくみもしっかりした設計図に則って実行されねばならない。自分の行動に賛同して確実に味方してくれる仲間の目処《めど》がついてから為されねば、単に「ご苦労さん」というはなしになってしまう。光秀謀反によって時代が望ましい方向に動いたというなら、歴史的には無意味なことではなかったかもしれないが、本人にとっては意味がなかったろう。戦争も謀反もしっかりした意図があって実行されるのでなければならない。そうでなければ、仕掛けた者が自滅するだけであろう。悲惨な結果に終わった大東亜戦争は光秀の謀反に似ていると思う。

人生の設計図は、きわめて心的なものであって、建築や自動車の設計図のように具体的な形ではない。固定的なもの、融通の利かないものではなく、自由でいつでも変更可能なものに思える。人間が生きてゆく時間経過に従って、外的状況がさまざまに変化する。時代状況、政治状況、経済状況、技術的状況――人はそれら状況に鑑み、己として一番しっくりした行動を取る。実は、これも設計図に即した行動であると理解される。将棋盤を前にして、君がそう来るなら、自分はこう指そう。人はまるで、棋士のようにやる。設計図の一面は、その人独自のやり方なのだ。あらゆる状況に応じて彼は彼なりの方法を取るのである。人の設計図は、そうした意味において決して固定したものではない。基本になる方法だけが固定しているということかもしれない。

ここで、己は災難に合わないことを確信した（自分のプログラム中に斬られる場面がないことを悟った）人について記したい。

私は、明治維新は徳川慶喜と西郷隆盛と勝海舟の三人によってなされたものと思っている。この時期にこの三人がいたことを、彼らの子孫として大いに感謝し誇りに思いたい。彼らのお陰で大きな改革が、大した混乱もなく為された。そしてここで特に取り上げたいのは勝海舟である。彼は、ある時から、自分は斬られることがないという一種の悟りに達した。勝部真長氏は、

「勝海舟は、どんな危険な場所へも平気で積極的に単身飛び出してゆく。そして奇蹟的に無傷で帰ってくる。おそらく勝ほど敵からも見方からも疑られ、憎まれ、つけ狙われた人物も少ないだろう」

と記している。

まず海舟の剣の腕前について述べよう。彼は「幕末の剣聖」と呼ばれた男谷精一郎の従弟である。そして男谷道場の師範代だった島田虎之助に弟子入りする。やがて二十一歳で、免許皆伝を受けると諸方の大名や旗本の屋敷に代稽古に通う。私は若い頃に『大菩薩峠』の「甲源一刀流」の巻を読み、海舟の師匠である島田虎之助の強さに驚嘆した。島田虎之助登場のくだりは以下のようである。

雪が降りやんだ夜。場所は鶯谷あたり。土方歳三が率いる新徴組（作中では新撰組の前身とされる）の十五人の猛者が駕籠《かご》に乗る島田虎之助を清川八郎と間違えて襲う。島田に名乗られて間違いとすぐ判明するのだが、新徴組としては引っ込みがつかない。相手が島田虎之助なら相手にとって不足はない。島田を斬ってしまえということになる。新徴組の面々はいずれも名だたる剣士のはずだが島田によって瞬《また》く間にバッサバッサと斬られてしまう（このところの虎之助の立ち回りの描写が見事）。幾人斬っても島田の構えは崩れない。呼吸に少しの変わりもない。最後には土方歳三も転がされ、膝で抑えられると身動きが取れない。実は、これを当時新徴組の食客《しょっかく》になっていた机龍之介（『大菩薩峠』の主人公的な人物。後に眼が見えなくなるが、この時は目が見えた）が遠くより見ている。本当なら新徴組に加担せねばならないところだが、この決闘に魂も打ち込んで見とれてしまう。龍之介は「最初にはなにが島田が！　次には、ああ思ったより冴えた腕！　その次は凄い！　最後には神か人か！」そして到着した結論は「我ついにこの人に及ばず」であった。

これは小説だから実話ではない。作者中里介山の心象における島田虎之助である。介山の筆にかかると実話かと思える迫力がある。海舟は島田の弟子である。だから海舟の剣の腕前は実は並々ならぬものであることが知られる。

勝海舟の剣難談義を『氷川清話《ひかわせいわ》』（海舟の自伝的漫談。勝部真長編）から拾うことにしよう。

おれは今日までに、計二十回ほど敵の襲撃にあったが、現に足に一か所、頭に一か所、脇腹に二か所の傷が残っている。安政二年におれが初めて海軍へ出てから維新のころまでに、ずいぶんいろいろの危難に遭遇して、これがためにおれの胆《はら》もすわったのだ。

ちょうど寺町通で三人の壮士がいきなりおれの前へ現れて、ものもいわずに斬りつけた。驚いておれは後へ避けたところが、おれの側にいた土州の岡田以蔵（人斬り以蔵と言われた土佐藩郷士）がにわかに長刀を引き抜いて、一人の壮士を真っ二つに斬った。後の二人はその勢いに辟易して、どこともなく逃げていった。おれもやっとのことで虎の口をのがれたが、なにぶん岡田の早業には感心したよ。

幕臣中でも剽悍なものは、ややもすると、おれを徳川を売るものとみなして、おれを殺そうとしたものも一人や二人ではなかった。いやしくも天下の難局に当たる以上は、暗殺ぐらいのことを恐れては、何事もできるものではない。

私は人を殺すのが大きらいで、一人でも殺したものはないよ。刀でもひどく丈夫に結わえて、決して抜けないようにしてあった。人に斬られても、こちらは斬らぬという覚悟だった。

本当に修業したのは剣術ばかりだ。当時剣術の指南をしていた島田虎之助という人についた。かの島田という先生が、剣術の奥意を究めるには、まず禅学を始めよとすすめた。この禅と剣術とがおれの土台となって後年大層ためになった。

ある時分、たくさん刺客なんかにひやかされたが、いつも手取りにした。

おれもこの人間精神上の作用を悟了して、いつもまず勝敗の念を度外に置き、虚心坦懐、事変に処した。それで小にして刺客、乱暴人の役を免れ、大にして瓦解前後の難局に処して、綽綽といて余裕を持った。

平生の修行さえ積んで置けば、事に臨んで、決して不覚を取るものではない。剣術の奥意に達した人は、決して人に斬られることがない。

今と違って、昔は世の中は物騒で、坂本（龍馬）も広沢（兵助）も斬られてしまい、おれもしばしば危ないめにあった。けれどもおれは、常に丸腰でもって刺客に対応した。あるとき長刀を二本さしてきたやつがあるので、おれは、「お前の刀は抜くと天井につかえるぞ」といってやったら、そのやつはすぐ帰ってしまった事があった。またあるときは既に刀を抜きかけたやつもあったが、そんなときにはおれは、「斬るなら見事に斬れ、勝はおとなしくしてやる」というと、大抵なやつは向こうからやめてしまう。こういうふうにおれは一度も逃げもしないで、とうとう斬られずに済んだ。人間は胆力の修養がどうしても肝心だよ。

海舟はガンディーほどの平和主義者であった。そうした彼と、巨人というべき西郷隆盛によって江戸無血開城が成った。

本項の内容に即したゲーテの言葉がエッカーマン著『ゲーテとの対話』の中に紹介されているので紹介したい。

「マホメット教徒がその宗教教育をはじめるとき、どんな教えを用いるかというと、これがきわめて変わっているのだ。人間は、一切のものを導く神によって前から定められた運命以外のものに遭遇することが決してない、という確信を、彼らはまず若者にたたきこんで、宗教の基礎としている。このようにして彼らは安心立命し、それ以上のものをほとんど必要としないわけだ。」

ゲーテはこうした信仰に対して判断を加えず、次のように続ける。

「しかしながら、実のところこういう信仰は、教えをうけたことがないにしても、いくらかはやはりわれわれみんなの心の中に巣くっているものなのだよ。戦場の兵士は、自分の名の書きこまれていない弾丸など、自分には当たらない、というが、もしこのような確信をもたなければ、いつふりかかるかもわからない危険のただなかで、どうして兵士は勇気と明るさをもちつづけられよう！　キリスト教の教えにある、汝らの父の意志がなければ一羽の雀でも屋根より落ちることはない、というのも、同じ源から出ていて、神はどんなに小さいものでも目をとめられて、神の意志と許しがなければ、何一つ起こりえないという摂理を暗示している。」（山下肇訳）

これは「あらかじめ定められた運命」という考え方である。反対に言えば「人生的構想なら成就せざるを得ない」ということだと考える。私は、現代人は自由をはき違えていると思う。人間には何でもできる自由などないのだ。なんでもできる自由があるという観念が、現代人に多大な苦悩をもたらせている。あいつにできて、なぜ俺にできないのだ。あいつが持っていて、どうして俺に無いのだ――かくして過度な自由の観念は苦難と混乱の原因になる。正しい「運命」の捉え方をしてこそ大安心が得られるのではないだろうか。

この項を総括しよう。

人間は、それぞれの設計図をもって、この世にやってくる。人間は、決められた設計図をこの世に刻印するべくやってきた存在なのである。こういう考えに不都合があるかというと、特に無いようなのである。人間の創造とは、己の設計図をこの世に具現することである。これは肉体を持った人間にして為し得るもので隠れ身である神にはできないことである。神の手足となって神の希望を実現するものこそ人間である。

人間は設計図の命ずるところに従い、自分の進路を定め、設計図を実現すべく努力奮闘し、また技を磨き、目に見えない設計図をこの世に現実化する。それは歓喜であろう。設計図は、いわば人間の全体図である。目標と現在地を示す鳥瞰図《ちょうかんず》でもある。人間は一つの目標を得て、初めて努力することができる。目標を定めないと努力のしようがない。設計図は人生の指針であり、また推進力である。

人生は設計図の実現過程である。設計図は大いなる指針であるが、設計図が設計図のままでは意味をなさない。「私にはこういう夢がある」と、どれほど語ろうと、世間は彼を認めないし、称賛もしない。設計図は、この世の現実の姿になってなんぼのものである。それからサボっていては（怠惰にしていては）設計図の実現は成らない。設計図の実現には並々ならぬ努力が必要だろうことも確かなことである。ピアニストは毎日どれほど努力しているか。力士はどれほど努力して番付の位置を保ち、そして上位の位置を獲得するか。それ故に努力は、人間にとって何物にも代えがたい喜びであるはずである。もしかしたら、到達する位置でなく、この努力する時間こそ人生と呼ぶものの実質かもしれないのである。

さらに、結語らしきものを——

神は光であり、人は神から放射される光線である。各光線はいささか色付けされている（つまり色ガラスのようなものがあって、そこを通過している）。人間は生まれると、各色合いに応じた顔かたち、能力、性格を得る。そして色合いに応じたプログラム（＝設計図、種子）を形成する。神は全て（プログラムとそれに沿った将来の行動と業績）を見通して人に色合いを与えるのである。この世は神が現わした花園である。色合いが百花繚乱を実現させている。

さらに、私が考えている「生死を超えた人間像」といったものを示そう。

人間の実体は生死を超えている。そして人間の実体は創造し、また進歩することを希求している。そのために時間空間世界が必要なのだ。そこで神は、彼にこの世を与える。つまり誕生である（本書の理論に従うと、仮想世界に現れる）。

人間はこの世で必要なものはすべて与えられる。空気、水、大地、引力は当然与えられる。次に衣食住は当然与えられる。配偶者や職業はもちろん与えられる。それらは与えられるというより、各個人と一つのものである。

この世では各人に応じた持ち時間というものがある。多分それは各人が各人を成就さすために必要十分な時間なのだ。人はそれなりに生きて多分、満足して死ぬようにできている。

Ⅸ　余録……後世の人に

不思議な業績

十九世紀初めのドイツにエッカーマンという文学を志す青年がいた。彼はヴァイマルに行って晩年のゲーテに会う。そして両者は意気投合する（エッカーマンはゲーテに心酔していたし、ゲーテは彼の資質を愛し、助手にしたいと思う）。それ以後、エッカーマンはゲーテ邸に入りびたり、一緒に食事をし、語り合い、馬車での散歩のお供をし、ゲーテの仕事の手助けをする。と同時にこの青年は「自主的に」一つの偉大な仕事をし出す。ゲーテの語ったところを逐一メモに残したのである。それは、後年『ゲーテとの対話』という書物になる。これはイエスの弟子たちによるイエス伝（福音書）、孔子の死後にまとめられた『論語』、阿難によって書きとどめられたブッダ語録

（初期仏典）、ソクラテスについてのプラトンの「対話編」に次ぐような仕事になった。『ゲーテとの対話』は我々に、晩年のゲーテの生活と思想を手に取るよう伝えてくれる。ゲーテは数多くの文学作品を残しているが、そこには彼の思想が、生《なま》のまま書かれているわけではない。そこで、この「対話」は彼の文学作品群と異なる、もう一つのゲーテ作品になっているのである。ゲーテを知りたい人はこの『ゲーテとの対話』を読まなくてはならない。ニーチェは聖書とショーペンハウエルの『意志と表象としての世界』と『ゲーテとの対話』を座右に置いたという。まことに貴重な本であり、また資料なのである。

ここで不思議なのはエッカーマンという男は、抜群の記憶力を持ち、ゲーテをとことん理解できる優れた感性と能力を持ち、工作（弓矢づくり）や、野鳥観察において目を見張る独自さと緻密さを示しているのであるが、地味で弱々しい印象が文章から読み取れ、独自の文学作品を生みだしそうな迫力が全く感じられないのである。事実、彼の残した仕事というのは、この『対話』と、ゲーテの死後にゲーテの全集を編《あ》んだだけである。オリジナル作品もあるようだが、みな消えてしまっている。それにもかかわらず『ゲーテとの対話』の著者たるがゆえに彼の名が（項目が）現代の日本の百科事典にも載っている。（多分）いささか才能に欠ける男が歴史に名をとどめているのである。実に面白い事実である。しかしエッカーマンの名が残るのは、彼がゲーテの尻馬に乗り、ゲーテを利用したからというのではない。推測するに、彼の押し出しが弱く受動的な性格が、ゲーテの言葉を、そのまま記録するという仕事にピッタリだった。こういう仕事には変な自己主張も創造意欲も山気もけれんみも全て邪魔である。つまり、この仕事に関する限り、彼は余人に代えがたい特質を備えていた。人間の仕事というのは単に才能だけの問題ではない。人は才能少なきを嘆く必要はない。人には、その人にしかできない仕事がある。エッカーマンは、我々にそういうことを教えているように思えるのである。

人には相応しき贈り物を

テレビ映画「刑事コロンボ」シリーズの中に気に入っている一編がある。それは第四十五話の「策謀の結末」というのである。

ドラマの筋――舞台はロサンゼルス。アイルランド出身の詩人ジョー・デヴリンは実は北アイルランドの過激派組織の一員で、革命軍のために大量の短機関銃を密輸しようとしている。デヴリンは武器商人との売買交渉時に、相手が金の持ち逃げを計画していることを知るや射殺してしまう。ホテルの一室である。デヴリンは、彼が普段愛飲しているアイリッシュ・ウイスキーの瓶を蹴って死体の脇に転がす。実は、そのウイスキー「アイリッシュ・デュー」のラベルには「人には相応《ふさわ》しき贈り物を」の文字が印字されている。つまり、このシチュエーションにおいては「裏切り者に死を！」の意味なのである。殺人者は呟《つぶや》く「我々は裏切り者は処刑するのだ。知らなかったかね」。

デヴリンは少年時に刑務所に入ったことがあって、その時、監房の壁にアイルランドのテロリストで死刑囚であったマイクル・ドーランが刻みつけた「正義の詩」に強い印象を受けていた。詩は次のようである。

全てに正義を
自由と正義を
人には相応しき贈り物を

わが願いは、ただそれのみ

死刑囚ドーランが自作の詩にラベルの一節を取り込んだものらしい。ドラマにおいては、デヴリンが購入した武器を、沿岸警備隊やＦＢＩをどうごまかして船に積み込み、それをコロンボが最後にどう見つけ出すかというところが面白いのだが、実は私が大いに感心しているのは、この「人には相応しき贈り物を」という短い言葉である。ドラマでは殺人と絡ませて、この意味を際だたせている。

人には相応しき贈り物を――そうなのだ、私が理解するところ、人生はこの理論によって成り立っている。人生には基本的に、その人に相応しいものしか来ない。たとえばチャンスがやってきても、それに相応しい実力が身に付いていなければ、自分の脇を通り過ぎてしまうだけである。チャンスを自分のものにできるのは、自分にそれを受け止める実力が身に付いている時なのである。そういう意味では人生に偶然はない。自分に相応しいものだけが自分の人生になってゆく。その人の人生は正確にその人自身が作っている――長く生きている関係で、つくづくそのように思う。人生で在ったことを他人のせいにするのは間違っている。みな自業自得なのだ。継母《まま》家族《はは》によって不当に隠されていても、美しいシンデレラは王子に見つけ出されてしまう。ユダヤ人虐殺を指導したアイヒマンは逃げ回っても引きずり出されて処刑されてしまう。みんな、その人に相応しい贈り物なのである。

翻訳者の額田やえ子がアイリッシュ・デューのラベルの"Let Each Man Be Paid In Full"を「人には相応しき贈り物を」と、しゃれた日本語に訳した、拍手。

内に力を自覚する者は、なんとかそれをこの世に実現しようと試みる。うまくゆかなくても簡単には諦めない。ちょっとした切っ掛けを見つければ、ここぞとばかりに食らいつく。はじめの、わずかな成功が次のステップの土台になる。周囲にも、彼を見ている人がいて、よし、彼を援けて彼の願いを実現させてやろうと考える。たぶん、そういうのが人間社会の仕組みなのだ。作家の卵は、自分の能力が発揮できる媒体を懸命に探していようが、出版者、編集者も、そういう才能を探している。そして両者が出会えば、明るい未来が拓かれる。作家志望者に能力が不足していれば、彼は途中の段階で脱落し、消えてしまうだけのはなしである。人の経歴は、仮初《かりそ》めのものでなく、その人自身を、かなり正確に形象していると思う。人は生きて、自らその人なりの人生を作っているのである。貝が自分の身体に合わせて殻を作るように。――贈り物は、それに相応しい人にやってくる。

汎生殖世界

神は壮大な「夢の体系（宇宙）」を作った。そして「個性」を備えた「人」を送り込んだ。神は親機であり、人は子機である。地上に降りた人は「生物」としての仕組みに従い、空気を吸い、水を飲み、用意された食べ物を（はじめは母乳を、それから木の実や野菜や魚や家畜を）食べる。親掛り期間が済むと独自で食べてゆくために己の仕事を定めて働くことになる。生物としての人間の、さらなる宿命は子孫を残すことである。人間の子供は育つのにかなりの時間がかかるためであろう、男女が交合して子を産めばすむというわけにはゆかず、家庭を作らねばならない。結婚した男女は安易に別れるわけにはゆかないのである。私は、ここで必要になるのが恋愛感情であると考える。ふつう恋愛感情は男女が出会い、結ばれるために必要と思われているが、実はそれだけでなく、さらに、結ばれた男女が長くその関係を保つために必要なのだと思う。いやいやながら長く付き合うのはしんどいであろう。私は見合い結婚によって結ばれ、互いに九十歳になって、互いになんと良い連れ合いだろうと思い、人にも言うような夫婦を知っている。実に理想的な夫婦である。人間は、こういう結婚を志すべきだ。

鳥類はだいたい一生の間、同じ相手と番《つが》う。ペンギンは片割れが死ぬと、もう片方も死んでしまう場合があるという。まるで後追い自殺だ。人間も老齢になって妻に死なれた夫が、急に衰え、やがて死んでしまう例が多いように思う（ただし夫に死なれた女性の方はぴんぴんして長生きする場合が多いようにも思う）。また、セキセイインコはオシドリの鳥として知られるが、年頃の雄雌を番《つがい》にしようと同じ鳥籠に入れても、相性が合わなければ、いじめてしまって（どちらがいじめるのか知らない）番わないのだと、むかし鳥屋のおやじから聞いたことがある。鳥は一生番う替わりに（自分と似あう）相手を選ぶらしい。

人間は子孫を作り、また自分の仕事をし終えると、各自の任を果たしたことになり「夢の世界」を去るのである。

人は神が用意した場（この世界）で遊ぶように出来ている。働くのは生存を保ち、

眠り猫

己の理想を実現するためであって、より多くの富を手にするためではないだろう。金銭は適度にあることが望ましく、それ以上にいくらギャザーしたところで仕方がないだろう。富を溜め込むために生きる人も、それを目指す組織も時代も本末転倒といえる。性は基本的に生殖のために用意されたものだから、いくら追求したところで何も出てこないだろう。もちろん、性はこの「物質世界」における（未来への）唯一に近い突破口であるには違いない。この世に、我らの憧れの「永遠（永続）」を実現する方法でもある。問題なのは、現代人の性嗜好からは切羽詰まった焦燥感が感じられることである。かつてのどの時代においても、性はもう少しおおらかなものであったのではないか。現代人の性嗜好の基底には、物質でできた牢獄のような世界に自分が閉じ込められているという現代人に共通する救いのない世界観があると見る。みな、がんじがらめの世界から抜け出したいので足掻《あが》いているのだ。我々は、永遠を想い、芸術に親しみ、物質を超えた自由な世界に生きねばならない。

　私は二階の窓を開けて外を見ていると、思う。樹々も鳥も虫たちも、彼らの世界は、もう性一色の世界である。彼らは養分を取り込む（自己保存する）以外には子孫づくりしかない世界に住んでいる。樹々は花を咲かせ、野鳥と昆虫を呼び寄せては受粉させて実を結ぶ。果実は野鳥と獣と人間に供されて喜ばれ、同時に子孫を広くこの世にばらまく手段になっている。蝉も鳥も雌雄呼び合ってかまびすしい。これらがうるさくないのが不思議だ（ただし盛りが付いた猫はなんとしたことかうるさい——もっともあれは雌雄呼び合っているのではなく、雄同士の順位争いとのことである）。三月も終わりに近づくと、裏の古池にヒキガエルが飛び込んで産卵を始める。やがて池はオタマジャクシだらけになる。私は覗き込んで、思わず「産めよ増えよ地に満てよ」と呟き、自ら創世記の神になった気分になる。六月ともなれば池の周りは小さな（体長五ミリほどの）カエルだらけになる。それは百とか二百といった単位ではない。私は「大変だ、我が家はカエルだらけになってしまう」と、ある時、大いに恐れたが、実はみな成虫になるわけではない。干からびてしまうのだか、トカゲにでも食べられてしまうのだか知らないが、成虫になるのはごくわずかでしかない。いずれにしても生物界は汎生殖世界である。自然界の生殖は旺盛だが、猥雑さはない。ここは我々が範とせねばならないところだろう。

自然界に学ぶべき点は、なにも生殖に限ったことではない。生きる姿勢を自然界に学べというのは偉大なナザレびとイエスの教えである。

「空の鳥を見よ、蒔かず、刈らず、倉に納めず、しかるに汝らの天の父は、これを養ひたまふ」（マタイ伝第6章26節）

「野の百合は如何にして育つかを思へ、労せず、紡《つむ》がざるなり」（同第6章28節）

この人の言葉には頭が下がる。またこの人は人類最大の詩人だと思える。

あるエール

私は（この世への）生まれ変わりということを、特に信じていない。現れたくて仕方がない魂にとっての場（時間空間世界）は、たぶん無限に用意されている。現代物理学においても「宇宙は一つではない」というシナリオが提出されている（ただし、理論も内容も私には理解不能）。また、仏説は無数の世界があるとする。我々が現在いる娑婆世界、弥勒菩薩がいる都率天、阿弥陀如来がいる極楽浄土、薬師如来がいる瑠璃光世界などである。我々は特に、この世（娑婆世界）に執着する必要はないだろう。

通りに面したファミレスの窓際で
外を見ていた。
若いお母さんが赤ちゃんを抱っこ紐で括って歩いて来た。
赤ちゃんは、左を見て、右を見る。
「僕の生まれてきたところは、どんなところだろう」と見回しているようだ。
きっと、そうに違いない。
君が生まれたのは極楽世界でも、
瑠璃光世界でも、兜率天でもない。
釈迦滅後二千五百年の娑婆世界である。
生活は厳しく、人心もいささか荒れている。
でも、地獄というわけではない。
問題は多いが、楽しいことも沢山ある。
虚心に見れば、なかなかよい世界だ。
まあ、張り切ってやりたまえ。

附

印度の聖者と二人の日本人

　私がヴィヴェーカーナンダを知ったのは、浅野晃氏の著書『剣と美――私の岡倉天心』（一九七二年、日本教文社刊）によってである。氏は、そのあとがきで、

「天心の『アジアは一つ』という発想に、ヴィヴェカーナンダの不二宗門の影響が強いことに、こんどはじめて気がついた。……今後の天心研究の重要な課題は、このヴィヴェカーナンダとの交渉にあると思われる」

と書いている。私は手に入る限りのヴィヴェーカーナンダの著作（主に講演集）をとり寄せ、あるいは絶版書については国会図書館に行って読んだ。そして、それらは私をいたく感動させた。ヴィヴェーカーナンダの中に私が理想とする考え方を見出し、これは「究極の思想」だと思った。

彼の思想を要約するのは、むずかしい。彼は、なによりも偉大なる「人格」であった。それが宗教的実践に裏打ちされて、彼の言葉として表出した。ただ、その思想の根幹になるのはアドヴァイティズム（不二一元論）といわれる。すなわちインドの宗教の一元論的な立場である。ヴィヴェーカーナンダに言わせると、

「かつてあらゆる国があらゆる時代に生み出した哲学および宗教の中の、最も美しい花であり、ただし、大衆の宗教となるには、あまりにも深淵であまりに高度だ」

ということになる。アドヴァイティズムを説明して、岡倉天心は、

「二でない状態を意味し、存在するものは外見上いかに多様だろうとじつは一であるという、偉大なインドの教説に対して用いられた呼び名である。かくて、あらゆる細部に全宇宙がかかわり、いかなる単一の分化現象のうちにも真理の一切が発見可能のはずということになる。一切がひとしく貴重なものとなるのだ」

と記している（『東洋の理想』佐伯彰一訳）。

ヴィヴェーカーナンダの略伝を記そう。彼は一八六三年にカルカッタの北部で生れた。クシャトリア族の名門の出であった。早くから非凡の素質を見せ、青年時代にカルカッタで英人の経営する大学に学び、ヨーロッパの哲学や論理学をはじめとし各国の歴史をマスターした。十代の時、全インドにその名声がひろまっていた聖者スリー・ラーマクリシュナに師事した。スリー・ラーマクリシュナは彼を愛し、

「ナレーン（ヴィヴェーカーナンダの本名）が世界を、その基盤まで震動させるだろう」

と言い、ヴィヴェーカーナンダは師の死後も、

「自分のいっさいは彼（師）の賜であり、いかなる微小な思想といえども自分の所有ではない、自分の思想はすべて彼からきている」

と語った。二人の関係は、ソクラテスとプラトンの関係に似ている。恵果《けいか》と空海の関係にも似ている（恵果は中国密教の第七祖。空海を一眼見て認めるや、わずか三か月の間に密教の大法をことごとく伝授した）。法然と親鸞の関係にも似ている。群を抜いた師が、群を抜いた弟子を持ったのである。一八八六年、師の死後、師の教えを世に広めるために出家し、それから六年間ヒマラヤ山中に隠れた。その後、インド各地を巡り、一八九三年、シカゴで世界宗教会議が開かれることを知ってヒンドゥー教の代表者として参加するために（呼ばれたわけではない。飛び入りの参加である）ボンベイを出航した。この時、日本にも立ち寄っている。彼は世界宗教会議で十回ほどの講演をし、人々に異常な感銘を与える。この時、インドのヴィヴェーカーナンダは一躍、世界のヴィヴェーカーナンダとなった。その後約二年間、アメリカ各地で講演をし、次いで英国に渡った。彼は、ここでもセンセーションを巻き起し、最大の歓迎と礼讃を受けた。一八九七年帰国してコロンボに上陸したときは凱旋将軍のように迎えられた。そしてインドの各地で講演し、宗教活動を続けた後、再びアメリカと英国を廻り帰国して、一九〇二年、ベルルの僧院で入寂した。三十九歳であった。

ここで、彼の伝記作者が伝える次の一説に注目したい。

「(世界宗教会議に出席するために、ボンベイを出発した)スワミ・ヴィヴェーカーナンダは、セイロン、ペナン、シンガポール、香港、広東を経て長崎を訪れ、神戸、大阪、京都、東京を見て横浜に向かった。彼は中国や日本では、寺にあるインドの宗教的影響の種々の遺跡を見て強い印象をうけた。中国では古いベンガル書体で書かれたサンスクリットのマントラを見付けた。彼は中国と日本のいたるところで、『アジアは精神的に一つである』という彼の自説を決定づけるすべてのものに注意を向けた」(スワミ・テジャシャナンダ「スワミ・ヴィヴェーカーナンダ小伝」小松文彦・井上久美子訳)

ここには、わが岡倉天心に先立って、天心の思想が存在する。つまり偉大な天心の主張は、ヴィヴェーカーナンダの説に触発されて生まれた。そういえば天心の『東洋の理想』の冒頭の文章、

「アジアは一つだ。ヒマラヤ山脈は二つの強力な文明――孔子の共同主義の支那文明と、ヴェーダの個人主義の印度文明とを、ただこれを強調せんがために分つ」（浅野晃訳）

も、ヴィヴェーカーナンダのマドラスにおける講演中の、

「インドは精神のガンジス河である。アングロ・サクソン人種の物質的征服は、インドの流れを阻止することができないどころか、それを拡大するようにできている」

という章句の調子に、きわめて似ている。そして、天心が『東洋の目覚め』の冒頭で繰り返した「アジアの兄弟姉妹たちよ！」の呼びかけは、ヴィヴェーカーナンダの歴史的な呼びかけ――一八九三年のシカゴの世界宗教会議の演説の開口の言葉「アメリカの兄弟姉妹たちよ！」に倣ったものと考えられる。宗教会議において、この全く無名の青年が、その開口の言葉を発するや、数千人の聴衆が耳を聾《ろう》するばかりの歓声

をあげて立ち上がり、拍手し、その熱狂は、まる二分間も、演説を妨げたという。聖者は、形式を排して、人々の魂に直に語りかけたのである。静けさが帰った時、彼は語り出した。宗教的真理の普遍性と、すべての宗教的実現の最終的到達点の同一性を。

「キリスト教徒は印度教（ヒンドゥー教）徒や仏教徒になる必要はない。印度教徒や仏教徒もまたキリスト教徒になる必要はない。ただ互いに他の精神を同化し、しかも自らの個性を保持し、自らの成長の法則に従って、発展すべきである」

アメリカは彼を、まるごと承認した。アメリカの新聞は、競って彼について書きたて、最も保守的な新聞でさえ、彼を「預言者」であるとした。それから彼は招かれて、アメリカの東部、中部、西部を講演して回った。そして常に「アメリカの兄弟姉妹たちよ」と呼びかけた。わが岡倉天心は、ヴィヴェーカーナンダを強力に模倣したと考えられる。しかし、二人の間にあるのは単なる模倣ではない。ヴィヴェーカーナンダは、この世を去る前年、ガンジス川ほとりの修道院に彼を訪ねた天心を認め、「私たちは二人の兄弟で、正反対の遠国からきて、めぐり会った」と直観する。

天心も日本への手紙に書いている。

「過般来当地に参り、ヴィヴェーカーナンダ師に面会致し候。師は気魄学識超然抜群、一代の名士と相見え、五天到るところ師を敬慕せざるはなし。しかして師は、大乗をもって小乗に先んずるものと論じ、目下インド教は仏教より伝承せることを説き、釈尊をもってインド未曾有の教主となせり。師はまた英語を能くし、泰西最近の学理にも長じ、東西を総合して不二宗門を説破す。議論風発、古大論師の面目あり。実に得がたき人物と存じ候。出来得べくんば、小生帰朝の際同伴致すべき考えに候。（中略）思うにヴィヴェーカーナンダの不二法門は全然大乗ならん。古来異教の如くにいいなされし二教が、インドの痩僧によって同本帰一を説かるるに至っては、誰かまた教門の一新声たるに驚かざらん……」（織田得能にあてた手紙）

さらにロマン・ロランは『ヴィヴェカーナンダの生涯と普遍的福音』中で次のように書いている。

「この二人は、互いに愛しあい、お互いの仕事の偉大なことをみとめながら、それが違っていることを知っていた。岡倉は彼の世界、芸術の世界を持っていた」と。

この、天心のインド滞在中に「アジアは一つだ」に始まる『東洋の理想』が書かれ、「アジアの兄弟姉妹たちよ」の呼びかけに始まる『東洋の目覚め』の草稿が成ったとされる。偉大な論客岡倉天心は、ヴィヴェーカーナンダの偉大な影響下に誕生した。この二人の関係は、私に、コンコードの哲人エマソン（アメリカの思想家、一八〇三〜一八八二）と『英雄崇拝論』のカーライル（イギリスの思想家、一七九五〜一八八一）の関係を思い起こさせる。彼らは無名時代に会い、互いの魂の一致を認め合うと、以後老境に至るまで文通し合い、互いに励し合った。ヴィヴェーカーナンダが、この二人について言及した言葉が残っているので、序にご紹介しよう。一九〇〇年、カルフォルニア州パサデナのシェイクスピア・クラブにおける講演中の言葉である。

「戦争中（インドの叙事詩『マハーバーラタ』にでてくるクルクシェトラの大平原を舞台にした大戦争）の最大のでき事は、かのギーターすなわち「天上の歌」と呼ばれる驚くべき不朽の価値ある詩の誕生であります。これはインドで最もひろく読まれている聖典であり、すべての教えの中の最高のものであります。その内容は、クルクシェトラの戦場において開戦の直前、アルジュナがクリシュナとの間に交した対話であります。皆さんの中でまだこの書物を読んでおられない方々には、ぜひ一読なさるようおすすめします。皆さんのお国でさえこの書物によってどれ程大きな影響を受けておられるか、皆さんが多少でも御ぞんじであったら！　もし皆さんがエマソンの霊感の源を知りたいとお思いになるなら、それはこの書物、すなわちギーターであります。彼はカーライルに会いに行きました。そのときカーライルは、彼にギーターの一冊を贈呈しました。そして、この一冊の小本が、コンコード運動（エマソンを中心とする思想運動）の原動力となったのです。アメリカにおける巾ひろい思想運動の殆どすべては、何かの形でコンコードの人々のおかげを受けています」

玉城康四郎氏は『近代インド思想の形成』の中で、

「このようにかれ（ヴィヴェーカーナンダ）の思想が、アメリカに反響を起こした裏には、すでにそのような素地があったとも考えられる。たとえばエマソンを指導者とするトランセンデンタリズムの運動はユニテリアンの自由主義的なキリスト教と、行動と理論を尊重するアメリカのヒューマニズムとの基盤の上に立ったものであり、このなかにはインド精神が深く浸透している。ウパニシャッドにあこがれて森の生活を体験し、『ウォールデン』の有名な書物を出したソローも、この運動の推進者である」

と書いている。

さて、ここで岡倉天心の略伝を記そう。

天心は一八六二年、横浜で生まれた。父は、元福井藩士で、当時は貿易商を営んでいた。幼少にして、英語、漢学を学んだ。やがて東京に移り、東京外国語学校、次いで東京大学文学部に学ぶ。卒業後文部省に奉職。この時、アメナカ人アーネスト・フエノロサと古美術調査をし、秘仏として隠されていた法隆寺の夢殿観音を初めて見る。また、日本画家狩野芳崖、橋本雅邦と相知り、二人が世に出るきっかけをつくる。二十四歳の時、美術取調委員としてヨーロッパ、アメリカを歴訪。帰朝後、新しく開校される東京美術学校幹事に、やがて開校された翌年には校長に任ぜられる（二十八歳）。雑誌『国華』を創刊。宮内省の命により清国に出張。一八九八年（天心三十六歳の時）誹謗するものがあって、文部省より美術学校長非職を命ぜられる。この時、橋本雅邦、横山大観、下村観山、菱田春草ら、東京美術学校の教授、助教授ら十八人が天心に従って辞職した。同年、それらの人々とともに日本美術院を組織する。一九〇一年インド漫遊の途に上る。一九〇三年『東洋の理想』をイギリスで出版。これは「日本の美術の歴史は、アジアの理想の歴史である」という観点から、日本の美術史を叙述したものである。一九〇四年（四十二歳）ボストン美術館の東洋部顧問に就任。同年『日本の目覚め』をニューヨークで出版。以後翌年より、一年の半分をアメリカでボストン美術館に勤務し、半分を日本で過ごす。一九〇六年、日本の茶道を、もっとも高貴に論述した本『茶の本』をニューヨークで出版。一九一一年、ハーバード大学から、「マスター・オブ・アーツ」の学位を贈られる。一九一三年詩劇『白狐』を完成。同年、越後の赤倉山荘に没す。五十一歳であった。
ヴィヴェーカーナンダと天心は師と弟子という関係ながら、分野を異にして、その偉大さにおいて均衡していたと考えられる。

次に、ヴィヴェーカーナンダの講演録を読んでいて、どうしても思い起こされる、もう一人の日本人について記さねばならない。
ヴィヴェーカーナンダは彼の講演中、繰り返して、

「『バガヴァド・ギーター』(『マハーバーラタ』中の詩篇でヒンドゥー教の重要な聖典)を読んだ人々は、全巻を貫く思想が無執着であることを見出されるであろう」

と述べる。また、

「真に正統派の信仰をいただいたバラモン(聖職者)の生括は、絶えまない放棄

の生活である」「宗教を実現するために必要な努力の先ず第一の理想は『放棄』である」

と「放棄」の徳を力説する。彼の師ラーマ・クリシュナについては、

「この人は放棄の権化であった」

と。また、

「インド文学の知識をもっている人は、この極端な慈善に関するマハーバーラタの美しい昔物語（自分たちの持っていた最後の一食までも乞食に与えて自らは、一家もろとも餓死していったという物語）を思い出されるであろう。これは単なる誇張ではなく、今日でさえも、こうしたことが起っているのである」

と述べている。そして、ある時の講演では、次のような物語を紹介している。

「ある森の、大きな木の下に三人の旅人が宿った。その樹の上には、小鳥の夫婦と、彼等の三羽のひながいた。夫の小鳥は『自分は家長だから、自分の家にきたものは、養ってやらねばならぬ』といって、薪を集めて、三人のために火をたいたが、馳走する食物がなにもないので、自分が犠牲になって火の中に飛びこみ、自分の体を食べてもらおうとした。妻の小鳥は夫がしたことを見て『三人の方がいらっしゃるのに、小鳥一羽では、とても足りないわ』と言って、自分も火の中に飛びこんだ。次いで三羽のひなも『両親の仕事を成就させるのはわたしらの義務だ』といって、それにならった」

と。そして別の講演で、

「死の刹那に立っても、何の問いただしもせず誰かを助けると言うことこそカルマ・ヨーガ（実践の道）である」

と述べている。また、ヴィヴェーカーナンダの伝記は、彼の放浪時代の次のような出来事を伝えている。彼は空腹のまま深い森へ入り終日歩いた。夜に入り、木の下に坐っていると、一匹の虎が近づいた。「よろしい、虎も自分も空腹である。この体は、同朋になんの奉仕もできなかった代りに、せめてこの飢えた虎を満足させよう」と彼は静かに坐っていた。しかし虎は、ほかへ行ってしまった。

我々は、これらの精神と、これらに近似した物語を日本の美術史において習った覚えがある。「玉虫厨子《たまむしのずし》」である。玉虫厨子は、聖徳太子の死後、その追善のために、叔母である推古天皇が像造した念持仏で、推古の死後は、橘尼寺に施入され、法隆寺金堂の再建とともに、そこに納められたものという。その須弥座左右壁面に「捨身飼虎《しゃしんしこ》」図と「施身問偈《せしんもんげ》」図の二つの本生譚《ほんしょうたん》が描かれている。本生譚というのは、釈迦がさとりを開いてブッダ（覚者）になりえたのは、前生において、さまざまな人間や鳥獣に生れて、大いなる善根を積んだ因縁によるとした仏典中の物語である。

「捨身飼虎」は特に有名な本生譚で、前生においてマハーラタ王の子・薩埵王子として生れた釈迦が、ある日、兄王子とともに竹林に入り、母子の虎が飢餓のために死に瀕しているのを見てあわれみ、崖から身を投げて、わが身を虎に与えたという物語である。玉虫厨子は日本における本生図の唯一の例だという。つまり、本生譚の精神は、仏教が、その母なるヒンドゥー教から受け継いだものであり、日本においては主流となりえなかった精神なのである。

先に示したヴィヴェーカーナンダの人生におけるエピソードは「捨身飼虎」の物語そのままである。そして、聖徳太子と、その子山背大兄王の人生も「捨身飼虎」の精神の実践であった。

聖徳太子と山背大兄王の時代と状況は以下のようである。

四世紀から五世紀の初めにかけて隆盛をきわめた、わが国の王権は、五世紀半ばごろから衰えはじめ、それにともなって諸豪族の勢いが大きくなった。彼らは互いに争いあい、私利をはかった。六世紀、聖徳太子の出現は、一時的に王権に対する起死回生の役割を果たしたが、やがて太子の死で挫折し、それからは蘇我氏の専横時代になる。蘇我氏は、それまで太子に協力して、新しい政治を推し進めてきたのであるが、太子が実現に努力した天皇中心の国家づくりに対しては、自分たちの勢力をそぐものとして内心反対であった。そこで太子の思想と政策を身をもって受け継ぐ山背大兄王を嫌い、推古天皇の死後は、有力な跡継ぎとみなされていた山背大兄王を排し、田村皇子をたてる。さらに蘇我入鹿は人々の間に山背大兄王への同情が起こるのを恐れて斑鳩宮に山背大兄王を襲う。この時、大兄王は「東国におもむき軍勢をととのえ、もどってきて戦えば勝つこと間違いありません」という進言に対し、「そうすれば勝つことはまちがいなかろうが、自分としては十年間百姓《おおみたから》を使役すまいと心に願っている。自分一身のために、どうして万民に苦労をかけられよう。身を捨てて国を固めるのも、また丈夫ではないか。わが一つの身を入鹿に賜う」と言って、ついに子弟、妃妾ともろともに、首をくくってお果てになった。

山背大兄王は聖徳太子の精神を、あるいはインドの理想を実践したのである。そして、それは太子の構想を成就する結果となった。事件後、入鹿の父蝦夷は蘇我氏の行く末を案じ、息子の行状を強く非難した。本事件は蘇我氏の滅亡を決定化する。「是正」のためには、常に、確実な「行き過ぎ」が必要なのである。山背大兄王は身を殺して仁をなした。ナザレのイエスが磔刑に処せられた時に「救世主」が成就したように。大化の改新によって蘇我父子が亡んだのは、この事件の二年後である。インドの理想は、黎明期の日本国家に多大な影響を与えている。

さて、ヴィヴェーカーナンダによって想起される二人の日本人——聖徳太子と岡倉

天心の六角堂（茨城県五浦）

天心は、また不思議な縁で結ばれている。

天心が法隆寺で、それまで千古未開の秘仏として布片、経切等で厳重に包まれていた夢殿観音（救世観音）をひらき、姿を拝したのは、彼が二十三歳の時であった。観音は聖徳太子の顔を写したと伝えられている。実は、その顔は、私としては天心にもよく似ているように思える。

また天心は、四十四歳の時、常陸五浦の海荘邸内の海に突き出た岩上に、自ら夢殿を模した小屋（六角堂）を建てている。太平洋に臨み四面に大きな窓があり、一間の床の間を備えた六畳大ほどの書斎である。彼は、岩に激する波の轟きの中で、黙思と読書に時を過ごしたという。法隆寺の夢殿は、聖徳太子が禅定に入るのを常とした建物とされる（ただし現存の建物は太子死後の造営）。また諸経疏（太子による仏典の注釈書）を製する時、もし義に滞ることがあると、この殿に入った。すると常に金人が東方より来たり、妙義を告げたとされる。天心は、太子の「聖域」を模倣したのである。

そして天心の伝記作者によると、天心が死の床についたのは、文部省の古社寺保存会に出席し、「法隆寺の壁画保存の方法を何よりも先に講ずべき」と主張して退出した直後であったという。天心の、この世への登場と退場には、なにやら聖徳太子の影が色濃く感じられる。千三百年隔てて対峙した両雄の一方は、偉大な哲人政治家であり、一方は芸術界のロマン主義者であった。

天心のロマン性を強力に示すのが、彼の辞世であろう。

われ死なば　花な手向けそ　浜千鳥
呼びかう声を形見にて　落ち葉のもとに埋めてよ
十二万年明月の夜　訪い来ん人を松の蔭

詩中の「訪い来ん人」は、最晩年の天心が恋文を送り続けたインドの閨秀《けいしゅう》詩人プリャンバダ・デーヴィ女史（彼女の大伯父が詩聖タゴールである）を指している。彼女に宛てた書簡中に同内容の英詩があることによって分かるのである。

ヴィヴェーカーナンダと聖徳太子と岡倉天心の三人は、「アジアは一つ」という主張を、その発祥地（インド）と到着点（日本）において、確実な人格として具現しているように思えるのである。

＊ヴィヴェーカーナンダの講演録は、日本ヴェーダーンタ協会より多数発行されている。他社から出版され、いまは絶版になっているものも多い。天心の伝記部分は主に斎藤隆三著『岡倉天心』を参考にした。

夢幻論の源流——後書きにかえて

現代人は清々しく心楽しく生きているとはいえません。多かれ少なかれ原因不明の不安と苛立ちの中で暮らしています。近ごろ報道されて我々を驚かす不可解、残虐な犯罪・事件の数々も同じ根を持つと思われます。私が見るところ、「不安と苛立ち」の背景には現代人に共通する思想傾向があります。つまり神（天）の観念あるいは調和の観念の放逐、理想の軽視、人類の叡智であるはずの伝統思想との乖離、人間を物質とする見方、五感で知覚できないものは無いとする見方、此界の絶対視（死ねばおしまいという考え方）、生存競争信仰などです。さらに現実的脅威である核戦争に対する不安も影を落としているはずです（いつ滅亡してしまうか分からない、つまらない存在なのだ）。現代人には、生きることが嬉しくなるような思想がぜひ必要です。思想というのは世界の捉え方であり、この世を生きる指針であり、生存の核となって人生と時代を強力に規制するものです。決して装飾的な存在ではありません。そこで、己の力量不足も顧みず、私にとって理想的な宇宙像（思想）を提示しようと試みたのが本書です。

さて、人間が心楽しく、また美しく生きるために、まず「死」の問題から解決せねばなりません。本文に書きましたように、私は初めに、この世は幻想（夢幻）ではないか、きっとそうに違いないと考えました。そして、この幻想論より「生も死もない世界」が、ごく自然に姿を現わしました。

特に仏教者というのでなく、また、信仰が篤い人というのでもないのに、日ごと「般若心経」を誦《ず》したり、中には写経している人は少なからずいます。彼ら彼女らは、それによって心の平衡を得ているのだと思われます。般若心経は膨大な大乗仏典「大般若経」を三〇〇字足らずに要約抽出した経典で、大乗仏教の行われた国で、般若心経ほど広く読まれている経はないといわれています。それも宗派を超えて（浄土教は除く）。

内容は周知のとおり次のようです――この世の物質的現象というものは全て実体が

なく、これと同じく、感覚も、表象も、意志も、知識も、すべて実体がない。これを悟る者は彼岸（心が安んずるところ）に至る――。

私の夢幻論は、決して私の独創でも、また突飛な思い付きでもなく、この「般若心経」が説く東洋の伝統思想に則っています。

標題の「夢幻」は、主として能で使われている言葉です。能という演劇を二分類すると、亡霊、化身等夢幻的な人物を主人公とする「夢幻能」と、登場人物全てが現実の人物である「現代能」に分けられます。

そして能の代表的形式である夢幻能を完成させたのが室町時代の世阿弥です。この夢幻能においては、舞台、登場人物こそ変われど、内容と形式はほとんど変わることがありません。――まず諸国一見の僧が古戦場を訪ねる。そこへ武将の亡霊が老翁の姿で現れ、その土地のいわれを語り、それとなくわが身をほのめかして消える。僧はその付近に住む里人を呼び出し、かつての戦の様子を聞き、先の亡霊の正体を知る。そして世が更けるままに読経していると、先ほどの武将が昔の姿で再出現し、討ち死にの様子を語り、回向《えこう》を頼んで消えてゆく。そして僧の回向によって亡霊は妄執の世界を脱することができる――。夢幻能は般若心経の思想を劇化した趣があります。室町時代は、まだ仏法が庶民の間に生きていた時代だったのです。その後、能は江戸時代の武士によって広く愛好され、やがて日本人の性格に同化するまでに至ったと考えられます。

また、夢幻の思想は人類の歴史のはじまりより存在したと思えます。つまりプラトンのイデア論です。

この自然界の全ての現象はイデア界にある永遠の型の不完全なコピーでしかない。我々の魂は、かつて天上の世界にいてイデアだけを見て暮らしていたのだが、肉体という牢獄に押し込められ、この界に降ろされる途中で、忘却の川を渡ったため、以前は見ていたイデアをほとんど忘れてしまった。こうして、この世のほとんどの人は影の中の人生（永遠の型のコピー）が全てであると信じ切ってしまっている。（哲学キーワード事典より）

このプラトンのイデア論は、ほとんど夢幻論です。

紀元前一世紀頃にインドで成立した『バガバッド・ギーター』という宗教詩があります。

今でもヒンドゥー教徒の間で一種の聖書として親しまれています。私は若いころに心読し、ここには人類最高の叡智があると思いました。この中から二つの章句を選びましょう。

「私が存在しなかった時も、我々が死ぬ未来もない。存在しないものが出現することはなく、存在するものが消滅することもない」

「全ての人間は生まれた途端に、この相対世界が真実であるという妄想に陥る」

さらに「夢幻論」について説明を加えましょう。

イギリスの作家コリン・ウィルソンに『ミステリーズ』（工作舎刊）という広範に超常現象を扱った著作があります。この分野は私が大いに好むところで、読んでみると多岐にわたって教えられるところがありました。W・B・イェイツと共にアイルランドの文芸復興の先達とされるジョージ・ラッセル（一八六七〜一九三五）という詩人、神秘家についてもいろいろ書かれています。次にラッセルに対するウィルソン氏の評を少し長くなりますが引用しましょう。私の夢幻宇宙論は、実にこのウィルソン氏の疑問に答えるような内容になっていると思うのです。

ラッセルの作品は「啓示」という基本的問題を提示している。われわれが見たり触れたりしているこの感覚世界は単なる幻影であり、真の世界はそれとはまったく別に存在する——ラッセルは、他の神秘家たちとともにそう断定する。その根拠は、彼が実際に真の世界を見たということである。

誰しもこうした主張に虚心に接しようとはするのだが、われわれのまわりの親しみ深い、堅牢な世界を幻影だと消し去ることはなかなかできるものではない。われわれは「現実」的に生きてきたのだし、この世界は十分な論理性、首尾一貫性を具備しているように思える。時として、宇宙の起源について、また天地未生時や死後の世界についての惑いが頭をもたげはするが、それは歯痛のように一過性のものである。

「現実」が偽りの世界だとすれば、どこが偽りなのか正確に知りたいと思う。ガリレオは地動説を主張したとき、天動説のどこがあやまっており、なぜあやまっているのかも正確に説明したのである。ラッセルを含むすべての神秘家たちも、それと同様の説明を与えて然るべきだと感じる。とりわけ、この世界がもし非現実なものだとしたら、なぜ宇宙がかくも強靭な論理性を帯びて見えるのかを知りたいと思う。

神秘家や幻視者たちの立場から言えば、彼らはしばしば明確な説明をしようと最善を尽くしてきたのである。ただその結果われわれが納得したためしはほとんどないのが実情だ。（以上、南谷覺正訳）

この文章は私の主要思想の着目点をうまく表現しています。と言っても、この文章を読んでから、この本を書いたわけではなく、私は本稿執筆後に『ミステリーズ』を読み、私の論考はコイン・ウィルソン氏の、この部分に応える形で書かれたのではないかと思ったのです。

手元の百科事典にショーペンハウエルの主著「意志と表象としての世界」が解説されています。つまり、

①世界は、時間、空間、またショーペンハウエルが唯一の基礎的カテゴリーとする因果性という主観的形式によって構成された「わたしの表象」にすぎず、虚空にかかるベールにすぎない。

②この世界を産み出すものは、わたしとまたもろもろの個体とにおいて働く「生への盲目の意志」である。この意志からの脱出の道は、第一に、造形美術、詩、さらに音楽を頂点とする芸術による意志なきイデアの観照であり、第二に、禁欲的苦行の「意志否定」により、同情から解脱へと向かう浄福の生である。

哲学の巨人を引き合いに出すのは、いささか笑止なことですが、この解説を借りましょう。この解説の①は私の主張に近似し、②を「この世界を産み出すものは神と、神の意志をうけた人間である。この世はひとつの場にすぎない。我々はいわば種子で

あり、花開かせるためにやって来ている」とすると、本論集の趣旨を述べるものだと思います。

次に著者自身を紹介させていただきましょう。

私は十代の終わりころに、将来文章を書く人間になりたいと思いました。それからやがて、自分なりの宇宙観を提出したいと思うようになりました。ただし非才な私なら、そこに至るのに恐ろしい時間がかかるに違いない。ただし、死ぬまでにはかなりの時間が与えられているはずだからゆっくりやろう。まずは十分に基礎固めをしよう。そして、おもむろにまとめの仕事にかかろう——そう考えたわけです。それで大学時代、続いて社会人になりましてからも、多方面にわたる本を読んで、自分の内実を富ます努力をしました。そうした私が学校を出たところで得た職が百科事典の編集でしたので故意か偶然か、かなり妥当な選択だったように思います。当時、私はエマソン（十九世紀アメリカの詩人、思想家）と、彼の盟友であるカーライル（十九世紀イギリスの歴史家、評論家）の書に出会い、大いに共感し、一つの指針を与えられたように思いました——私も両師のような著作家になりたい。

さて、私は半生を書籍編集者として過ごしました。携わった主な仕事は「住まいの文化誌」というヴィジュアルな書籍シリーズ（住まいを軸に日本人の生活と文化について約六百人の知識人が執筆）の編集でした。これは初めに勤めた出版社から住宅会社の研究所に移ってからの仕事で、十七年かけて全十七巻を作りました。ただし、私にとって書籍の編集はあくまで生きるための手段であって、それを生涯の仕事としたわけではなく、編集の仕事の傍ら、その時々に纏《まと》められる範囲で、この世を解説する私なりの文章を書いては私家版の冊子にし、周囲の人々と尊敬できる未知の人々の幾たりかに配ったりしました。最初に出したのが三十歳の時の「形論のはじまり」と題する冊子で、これを手始めに以後四冊の冊子を出しました。それらの内容が本論考の基盤になっているのだと思います（一部転載しています）。

私は五十八歳の時に、少し定年を早めて会社を辞めましたが、現役時代はメインワークと思っていなかった書籍編集に力が入りすぎ（実はメインワークではないとしながらも、書籍作りの仕事が大好きだったのです）、会社を辞める頃には疲労困憊の極に達し、一切の知的労働ができないほどになっていました。それで、ここで十分休養をとらないと、私の今後は無いと思いましたので、長い休眠生活に入りました。そして瞬く間に退社後の十年が過ぎ、体力気力も回復し、気が付けば満七十歳を目前にし、これはまずい、後がない――と大いなる焦燥を感じ、ちょうど時も時、一つの啓示を得て書きましたのが本論考です。

私はこの論考を書き終えて自分自身に対する責任を少し果たしたような気がしています。また、内容に関しても自分で書いたこの論考を読み返して、いささかの安心を得ています。だから読んでいただいて、私と同じように安心を得ることができる方もいるのではないかと考えます。一人の人間の真実が、他の人にとって虚偽であるということはありえません。もちろん、私は内容の全てに同意してほしいと願っているのではありません。あなたが同意できる範囲で同意し、あなたはあなたご自身の宇宙像を築いていただけるのがよいと思います。

読者のご多幸をお祈りいたします。

令和五年夏

著者識す

佐子 武 さこ・たけし

昭和20年千葉県市川に生まれる。
千葉大学工学部工業意匠（工業デザイン）学科卒業。
（株）講談社出版研究所（百科事典編集部）に入社。
その後、ミサワホーム総合研究所に移り、約20年間にわたり
「住まいの文化誌シリーズ」全17巻
（日本図書館協会選定図書　平成4年に建設大臣表彰）を単独編集。
現在、書籍の編集と著述にあたる。
著書に『四畳半再生記』（智書房、2005年）、
『おじさんの骨董論』（智書房、2008年）など、
また隔月刊誌『庭』に文章と写真による
エッセイ「日本風景紀行」を連載（2009-2013）。

夢幻論 「死なない」思想

二〇二三年一一月二〇日　第一刷発行

著者……佐子 武
発行者……小林公二
発行所……株式会社春秋社
〒一〇一-〇〇二一 東京都千代田区外神田二-一八-六
電話〇三-三二五五-九六一一
振替〇〇一八〇-六-二四八六一
https://www.shunjusha.co.jp/

印刷・製本……萩原印刷株式会社
写真……佐子 武
装幀……伊藤滋章

ISBN978-4-393-33402-7
定価はカバー等に表示してあります